Ngũgĩ wa Thiong'o

SECRET LIVES, AND OTHER STORIES

隐 居

[肯尼亚] 恩古吉·瓦·提安哥 著　李坤若楠 郦青 译

人民文学出版社
PEOPLE'S LITERATURE PUBLISHING HOUSE

著作权合同登记号　图字 01-2017-4492

图书在版编目(CIP)数据

隐居/(肯尼亚)恩古吉·瓦·提安哥著;李坤若
楠,郦青译. —北京:人民文学出版社,2017
(短经典)
ISBN 978-7-02-013236-2

Ⅰ.①隐…　Ⅱ.①恩…　②李…　③郦…　Ⅲ.①短篇小说-小
说集-肯尼亚-现代　Ⅳ.①I424.45

中国版本图书馆 CIP 数据核字(2017)第 204671 号

总 策 划　黄育海
责任编辑　甘　慧　潘丽萍
装帧设计　张志全

出版发行　人民文学出版社
社　　址　北京市朝内大街 166 号
邮政编码　100705
网　　址　http://www.rw-cn.com
印　　刷　山东临沂新华印刷物流集团有限责任公司
经　　销　全国新华书店等
字　　数　109 千字
开　　本　889 毫米×1194 毫米　1/32
印　　张　5.25
插　　页　2
版　　次　2018 年 9 月北京第 1 版
印　　次　2018 年 9 月第 1 次印刷
书　　号　978-7-02-013236-2
定　　价　36.00 元

如有印装质量问题,请与本社图书销售中心调换。电话:010 - 65233595

献给尼昂布拉和万吉库

目 录

前　言

　　1960年的某一天，我在马凯雷雷大学的大厅外见到了乔纳森·卡里亚拉先生，在冲动的驱使下我拦住了他，我告诉他我写了一个短篇故事，不知他是否愿意看一看。卡里亚拉当时正在读英语专业的最后一年，他经常参加《笔端》的活动。《笔端》是马凯雷雷山上原创文学中心办的杂志。我对他撒了谎。我当时读大学二年级，故事还只是我脑海里的一个构思。由于我在冲动之下撒了谎，所以现在必须把故事写出来。这个故事就是后面的《无花果树》(这本短篇小说集中的《穆古莫》)。卡里亚拉读完这个故事很激动，问我是否读过D.H.劳伦斯的作品。这对我来说很难忘也很受鼓舞。这就是我三年创作的开端。在这三年里，我写了《回家》《旱灾中的"疯"女人》《乡村神父》《牺牲者》《暗中相会》《大雨滂沱》，还有《黑鸟》和《瓦本兹人》的第一部手稿，另外还有两部小说和一部戏剧。1964年，我创作短篇小说的灵感已经枯竭。我曾经尝试写一些我与英格兰的故事，但失败了。约克郡的荒野、勃朗特姐妹的乡村、苏格兰的高地，特别是因弗内斯黄色的金雀花和银色的桦树，一切都是那么赏心悦目，但它们让我真实地生活在东非大裂谷旁利穆鲁镇的美景中。这是兼有美好与恐惧的回忆。于是我创作了《一粒麦种》。

1971 年，我结束在伊利诺伊埃文斯顿的西北大学为期一年的关于非洲文学的轮替教学，之后返回肯尼亚。我看到的是人们疲惫迷茫的表情：我所到之处人们都在借酒消愁，他们想要摆脱昨日的记忆以及明天的希望与恐惧。我去过利穆鲁的很多酒吧，我在那儿喝酒、唱歌、跳舞，试着不去看也不去想。一个朋友给我讲了个有趣的段子。一个酒吧女招待因偷窃而被捕，而她偷的是她一夜情的对象，一个老商人。讲这个段子的朋友一直在谴责这个卑鄙又业余的小偷。但我好奇的是这个女孩居然又回到了那家酒吧，一整天都在炫耀她的财富和幸福。这就是三个故事的开头（《瞬间的荣耀》《十字架下的婚礼》和《梅赛德斯的葬礼》），这三个故事本是《隐居》系列的第一部分。我同时也开始了一部小说的创作：我怎么才能不看、不听、不想呢？

从某种角度来说，这本短篇小说集中收录的故事就是我过去十二年的创作型自传，也是我在这十二年中的感受。我的文字是认识自我以及在社会、历史中所处地位的一次尝试。我在写作时回忆起种种往事：在父亲家争吵的夜晚；母亲为了孩子们的温饱和教育在田间操劳；我的大哥华莱士·姆万吉，在殖民地警察的枪林弹雨中躲进森林；他从森林发给我的消息鼓舞我不惜一切代价都要继续接受教育；我的堂兄吉奇尼·瓦·恩古吉，刚刚从绞刑架上逃脱，只因为被抓到随身携带了一些子弹；叔叔们和其他的村民们因为宣誓而被杀害；肯尼亚百姓在反抗英帝国主义和其恐怖暴行时所表现出来的勇气。我还记得有些亲戚和村民替白人拿枪，最后变成了他们的帮凶。我记得恐惧、背叛、瑞秋的眼泪、绝望与爱的瞬间以及令人崩溃的亲情，我试图通过写作来找到这一切的意义。

在写作这条路上，我得到了很多人的帮助和鼓励：卡里亚拉、乔·姆提噶、G. G.库鲁玛、卡里艾涅·约哈纳、伊迈·伊基代、皮特·那扎莱斯、休·丁威迪、钦努阿·阿契贝，还有很多来自利姆鲁的人。肯尼亚众多素未谋面的男女老少的来信鼓舞、感动了我。我在内罗毕大学完成了非洲口头文学和书面文学的授课工作，并从中汲取了快乐、信念和希望。塔班·罗·利咏、奥克特·彼泰克、艾达·噶秋奇亚、克里斯·万加拉、巴杜尔·泰加尼和其他的工作人员：我们几乎每个月都有文学庆典。当然还要感谢《布萨拉》、学生们的写作工作坊、戏剧社团和出现在肯尼亚文学领域的令人激动的新名字，例如：基贝拉、卡西噶、查尔斯·曼古阿、姆万吉·鲁海尼、贾里德·安吉拉。

此外还有美丽的尼昂布拉，我从她那里获得了勇气和力量，击退了长久以来的绝望和自疑，从而能够庆祝片刻的荣耀。正是因为这一切，才有了《隐居》。

恩古吉·瓦·提安哥

声　明

　　很多故事已经在不同的报刊上刊登过了，包括《笔端》《肯尼亚新闻周刊》《变迁》《新非洲》《发现》《储藏》《百姓》，以及一些俄语和德语的期刊。还有一些故事发表在众多选集中。《大雨滂沱》《瞬间的荣耀》《十字架前的婚礼》《梅赛德斯的葬礼》《黑鸟》是首次以书籍的形式出版。《瓦本兹人》和《再见，非洲》是首次发表。

第一部
关于母亲和孩子

穆古莫

穆卡米站在门口，慢慢转过头，用悲伤的眼神望着灶台。她犹豫了一下。灶台里的那团火和旁边的凳子都在召唤她。不，她已经下定决心。她必须离开。她抓起一件光滑油亮的上衣，从剃光的头上套上去，落到她年轻瘦弱的肩膀上，随后她便踏入了孤独野蛮的黑夜之中。

万籁俱寂，空气中弥漫着魔法的气息。她感到恐惧。无尽的黑暗包围着她——茫然、冷酷，令她惊恐。她快速穿过熟悉的院子，不敢发出丁点声响。这个院子、属于她的阿依鲁的四间小屋以及她男人的和她自己的屋子似乎都联合起来，默默地谴责着她的行为。

"你正在远离你的男人。快回来！"它们无声的挽留中充满了怜悯的蔑视。她大胆坚定地穿过院子，顺着小路来到了左门。她慢慢打开门再关上。穆卡米站在门口，这一刻她意识到一旦关上这扇门，就意味着她不再是完整的穆卡米。她心情沉重，转身离开了本应属于她的地方，眼泪险些夺眶而出。

但是她应该去哪儿？她不知道，也不在乎。她想要做的就是逃离。离开。离开，去任何地方——不论是马赛高原还是乌卡姆巴尼。她想要远离灶台，远离院子，远离小屋和那里的人，远离任何一个能够让她想起穆荷罗伊尼山脉和那儿的居民的事物。她要离开，并且永远也不会回来找他，她的丈夫——不！不是她的丈夫，而是一个想要她命的男人，一个试图碾压她灵魂的男人。他再也不是她的丈夫了。她曾经是多么崇拜他，现在却如此憎恨他。

她脑子里满满都是这个男人。她年纪轻轻就嫁给他：穆索加，她的丈夫，白手起家，有四个妻子，却因虐待妻子而臭名昭著；她父亲很不情愿把女儿交给这个男人，但顽固的她却不听父亲的劝导。因为穆索加在她身上施了魔咒。她需要这个男人，渴望成为他的妻子和孩子们中的一员。确实，在第一次见面时，她就已经无可救药地爱上了这个男人——他的步态、他的舞姿、他充满磁性的声音，还有他健美的身躯都吸引着她。他是如此富有神秘色彩和男性魅力。求婚仪式简短而奇特。她仍然记得当时自己那颗悸动的心、他迷人的笑容，还有她接过一串牡蛎壳作为婚姻信物时的犹豫不决。随后便是开怀畅饮和赠送彩礼。

但人们都不敢相信自己的眼睛，不少曾经被她拒绝过的年轻勇士用充满蔑视和愤恨的眼神看着她。"哎！这么年轻漂亮的女人就要成为一个老男人的牺牲品了。"很多人坚信并相互耳语，说她肯定是被施了魔法。的确是这样：她的整颗心都已经属于这个男人了。

让她记忆犹新并深受感动的是她被几个人带到这个男人的屋子的那天，那是一间专门为她新建的小屋。当时她正准备去田里，不知从哪儿突然冒出三个男人，他们向她走来。然后她知道，他们是为她而来。她应该早就知道，并为这一切做好准备。

这一天就是她的婚礼。那几个男人粗鲁地把她放倒在地。起初她真被吓坏了。她被三个男人扛在肩上，她拼命挣扎，想从男人们有力而又温柔的手中逃脱。而那些男人！男人！他们完全无视她疯狂的挣扎。其中一个男人无意中扭头对另一个人说"让她安静一会儿"，这个男人的脸碰到了她。这一碰让她愣住了，她突然有一种奇怪的感觉，一种非常愉悦的奇怪的感觉。她停止了反抗，这才注意到她被男人扛在肩上，他们用柔软的粟米种子一样的手指轻抚着她的脚和身体。她感到很惬意，但突然又意识到她的渴望会一路持续到她丈夫家里，持续整整一周。

前三个月，她集那个男人的万千宠爱于一身，年纪轻轻就成了其他妻子嫉妒和憎恶的对象。她们很快与她对立起来。哎，这就是女人。这个男人的爱，她们享受了多年，却为何不能让这个女人享受呢？穆卡米仍然记得大老婆因为拒绝借给她火而被男人打的事。这件事终止了言行之战，转变成了无声的反抗。穆卡米必须坚强地面对她们。她不介意她们用傲慢和疏远来博取村子里的同情。她为什么要在意呢？她的梦想、渴望、生活等一切不都在这个男人身上实现了吗？

六个月过去了，九个月过去了，她所知的世界开始改变了。只因为她没能生出孩子。

一个塞塔！一个不能生的女人！

没有孩子来稳定她和那个男人之间的关系！

没有孩子来宠爱、拥抱和责骂！

没有孩子来延续自己男人祖先的灵魂

和自己父亲的血脉。

她失败了，她心里很清楚。其他人也知道了。她们耳语着，笑着。她们那傲慢和骄傲的冷笑将她刺穿！但她无所畏惧。让她们去当所谓的胜利者吧。至少她还有她的丈夫。

但接下来，男人毫无征兆地彻底改变了。他不再见她，不再去她的小屋。她心生怨恨，四处寻他。她的心为他流血，却找不到他。穆索加，一个战士、农民、舞者，他那被她暂时遏制的沉重心情再次显露，甚至开始殴打她。他发现她与大老婆吵架，于是他积蓄已久的愤怒、不满和沮丧在殴打她的时候都得到了释放。这些毒打，周围的人只是旁观，却从来不出手相助！但这只是一切折磨和苦难的开始，她甚至在某天早晨差点被打死。那天早晨他把她叫去，没有任何警告或解释便开始了毒打，还把她留在原地等死。她并没有惨叫，她已经接受了这一切。她躺在地上想，这就是结局了，她突然悟到，别人或许因为她也曾受此虐待。没错！她甚至看到她们一边被打一边哭喊着求饶。但她毅然拒绝让殴打和恐惧控制她的意志。她必须征服它们；并很快做出决定，这不是她应该待的地方。她也不能回到那个生她养她的地方去面对爱她的老父亲。她不能忍受这种耻辱。

伴随着寒冷的夜风，她来到了现在这个地方。一直压抑着的眼泪夺眶而出，顺着脸颊流了下来。道路蜿蜒，她穿过树丛，下到山谷，走过荆棘和灌木的迷宫。涓涓的溪流和静立的树木是在同情她的遭遇，还是在对她的行为进行无声的谴责？

她顺流而下，在水位最低处，踩着两三块石头跨到了河的另一边。她依旧愤恨，以至于没注意到自己危险的处境。这不就是抛尸的地方吗？死者的灵魂徘徊在山谷之中，依附于树木，不断骚扰来此地的陌生人和闯入者。她恨这个世界，恨她的丈夫，但更恨自己。她是不是从一开始就错了？这是不是因为她自私地独占一个男人的灵魂而付出的代价？但为了那个男人，她也付出了自己的青春和美貌。想到这儿，夹杂着痛苦的泪水再次流了下来。

> 哦，亡者之灵，来带走我吧！
> 哦，穆隆古、吉库尤和穆比之神，
> 是谁高居基里尼亚加，但又无处不在，
> 你为何不让我从痛苦中解脱？
> 大地母亲啊，你为何不把我吞噬，
> 就像你吞噬古姆巴一样——让我消失在幽冥之下？

她呼唤亡灵将她带走，从此在这个世界上消失。

突然，就像回应她的祈祷一样，她听到了远处传来的悲鸣声，可怜却真实。风越吹越猛，最后一颗陪伴她的繁星也消失在夜空中。昏暗的森林里只有她孤身一人！来自另一个世界的冰冷触碰了她。她吓了一跳，这个就算被毒打也不曾吭声的女子，此时惊恐地尖叫起来。整个森林回荡着她的叫声。赤裸裸的恐惧占据了她；她浑身颤抖着。她意识到并非只有她自己，还有成千上万只眼睛沿着溪水不停地眨着，无数只无形的手将她前后推着。眼前的一切让她意识到自己身处亡者之地，只身一人远离家门，她打起了冷战。她什么都感觉不到，无法思考，欲哭无泪。这就是命运——是穆隆古的意志。她的体力渐渐耗尽，身体一点点瘫软在地上。这里就是结局，就是她梦想和欲望的顶点。但极具讽刺的是，她并不想死。她只想开始一种新生活——一种既有回报又有付出的生活。

她的悲剧并未结束。她躺在地上，远处猫头鹰和鬣狗在号叫，风越吹越猛，悲鸣的声音也越来越响、越来越近，这时开始下起了雨。大地好似要在她的身下裂开一样。

这时，透过电闪雷鸣，她窥见远处有一棵树——那是一棵参天大树，周围的灌木丛都在向这棵树虔诚地鞠躬。于是她知道，她知道，这棵树就是神圣的穆古莫——全知全觉的穆古莫的圣坛。她心想："终于找到了一个避难所。"

她不顾倾盆大雨、电闪雷鸣和游荡的鬼魂，朝那棵树跑去。这一刻，她的丈夫和穆贺罗尼山脊的村民都已显得毫无意义。她跑过满是荆棘的灌木丛，撞到树后跌倒又爬起来，此时她的内心如释重负。她不再虚弱，不再焦虑。她只有一个目标，就是那棵大树。这是关乎生死的事情——为生命而战斗。在神圣的穆古莫下面，她能得到庇护和平静。在那里，穆卡米能见到她的上帝穆隆古，他们部族的神。所以尽管身体虚弱，她仍然一路狂奔。她能感觉到子宫在燃烧。现在她已经离避难所很近了，那至高的圣坛，那救赎之地。所以她拼命奔向圣坛，不，她不是在跑，而是在飞；至少她的灵魂已经飞了起来。因为她感觉身体轻如羽毛。最终她到了那里，上气不接下气。

雨继续下着，但她听不到。她躺在神树的庇护里安静地睡着了。魔咒再次在她身上显灵。

穆卡米惊醒了。什么！没人？她确定看到穆比和她的丈夫吉库尤站在一起，穆比触碰了她——温柔的触感传遍全身。不，她一定是在做梦。一个多么奇妙的梦啊！穆比甚至对她说："我是人民之母。"她环顾四周，仍是一片漆黑。旁边仍是那棵古树，高大葱郁。你究竟隐藏了多少秘密？

"我必须回家，回到我丈夫和族人的身边。"一个新的穆卡米诞生了，谦逊且充满希望。接着她又睡了过去。咒语再次生效。

太阳从东边升起。穆卡米靠着大树坐着，几道黄色的阳光透过森林洒落下来，照在她的身上。当零星的光线碰触到她的皮肤时，她感到一丝愉悦蔓延全身。她的血液融化开来，天哪！她感到了温暖——如此温暖、幸福、轻松。她的灵魂起舞，她的子宫回应。于是她明白——她怀孕了，而且已经怀孕一段时间了。

当穆卡米起身离开时，她出神地望着天空，感激和谦恭的泪水顺着脸颊流下来。她的双眼望向森林和溪流，好似它们在看某个东西，某个藏在遥远将来的东西。她还看到了穆贺罗尼人，她的阿依鲁和站在他们中间的她那年富力强的男人。那就是她的栖身之所，和其他老婆一起陪在她丈夫身旁。他们必须团结起来养育鲁里里，给他新生命。穆比在看吗？

远处，一头奶牛在哞哞叫。穆卡米从梦境中醒来。

"我必须走了。"她开始动身了。穆古莫树依旧矗立在那里，缄默、巨大、神秘。

大雨滂沱

纽卡比将她瘦弱的肩膀上扛着的一大捆柴禾卸下来，重重地扔在她屋门外的地上。她两手叉腰站了几秒钟，然后坐在柴禾堆上，长长地叹了一口气。再次回到家真好。像驴子一样干了一整天活之后能够休息一下，是多么愉快惬意啊。

她这一辈子都在干活、干活，一天都不得闲。她以为这样可以让她忘掉失望和痛苦，但无济于事。她的生命似乎毫无意义，她坐在那里茫然地望着天空，她真的太累了，身心俱疲。

她知道她不再年轻。几周前她望着镜中的自己，发现以前那头浓密的黑发露出了两三根银丝。她浑身战栗，发誓再也不会照镜子了。年纪这么大了，却没有一个孩子！这正是她所担心的。这让人无法想象。她无法生育。

很早以前她就隐约知道了。这影响了她的社会地位，给她带来了精神痛苦。无法弥补的失望和失落感像一条虫子在她的骨髓里蠕动，慢慢将她吞噬。

那是生活中的一种失望和失信之感，就像一个人把全部生命都寄托在他美好的梦想和伟大的前程之上，最后却一败涂地。

纽卡比有很多梦想。但唯一不变的梦想就是希望能有"很多"孩子。自她成人起，就一直渴望着能够结婚生子。她总把自己当作一个老妇人，夜晚和她的老伴儿一起坐在噼啪作响的炉火旁，孩子们围坐在身边，出神地听她讲自己族人的故事。她已经找到了她梦想的男人，但是……但是……穆隆古并没有带给她任何东西。对于她的哭泣、渴求和希望，他毫无反应。她美好的梦想化为了乌有。

她内心滋生出嫉妒之火。她避开村里的其他妇女，也不摸任何一个孩子。是不是女人、男人和孩子们都联合起来针对她？他们是不是都互相递眼色，戳她脊梁骨？她想做的只是躲在自己的世界里。

甚至她儿时的小伙伴恩杰瑞，由于结了婚且和她住在同一个村子，也突然成了她的敌人。恩杰瑞生孩子时，按照传统纽卡比本应去探望，但出于嫉妒，她从来都不去。纽卡比没有见过恩杰瑞的孩子们。所以你知道，她的疲劳不是一个小时的疲劳，而是积攒了一辈子的疲劳。纽卡比还记得她妈妈以前总唱的那首歌的几句歌词：

> 一个没有孩子的女人
> 一定会感到疲倦。
> 一个没有孩子的女人一定会孤单，
> 请上帝宽恕她！

她叹了口气，盯着她和她男人长期居住的泥屋。她顿时感觉似乎她妈妈唱的就是自己。她是不是被诅咒了？她是不是不干净？她男人带她看了很多医生，但是没有一个能够治愈她。

突然间，她心中的痛苦升腾汹涌起来，直达她的灵魂、她的喉咙。这一切都是那么真实。这感觉让她窒息；这感觉会杀了她。这种说不出的感觉令她无法承受。她起身快速逃离了她的小屋，逃离了村子，她不知疲倦地跑着。她像一个被"主宰"了的生物，被驱使着。头顶的烈日渐渐西落。但是这个女人急着逃离家园，她不能停歇。那种感觉不允许她这么做。

她顺着山脊走。什么都感觉不到，什么都看不到。一片片的耕地在她眼前蔓延开来，一直延伸至山谷，与灌木丛和森林交织在一起。她可以看到赶着回家的女人们背着一堆堆东西爬着山坡。恩杰瑞就在她们中间。纽卡比机械地，或者说是出于本能，避开了她们。她抄近路，很快来到了山谷里。在灌木丛中，她没有走那条常走的小路。荆棘刺进了她的肉，但她依旧向前，强迫自己穿过藤蔓交错的迷宫。这个地方的野蛮、荒凉，似乎和她的疯狂很相符。甚至现在她都不知道要去向哪里。她很快发现自己来到了一片她从未到过的森林里。没有一丝阳光透下来，天堂也好像有了变化。她再也看不到微笑的云朵了，因为森林太过茂密。她第一次感到犹豫，害怕陷入这神秘的森林。但是那说不出的感觉驱使她一直向前，向前。

一块长长的岩石耸立在森林里。这对于一个疲惫的旅者来说无疑是个巨大的诱惑。纽卡比坐在了岩石上。她开始恢复意识，但她仍然迷茫，且体力透支。她不知道现在几点了，也说不出她走了多久。一个不大的声音对她耳语——

"女人，如果你待在这里，就会死去——一个孤独的女人将会死去。"

她不想死。她不想。她站起身，吃力地前行。凄凉的绝望如乌云般压在她的头顶。最终她还是拖着身子来到了一块空地。空地？不。整个国家看上去都是阴郁的。太阳过早地落下了，阴暗的灰色覆盖了大地。冷风吹起，带着垃圾在空中回旋。天空皱起了脸，愤怒的乌云聚集起来。闪电之后便是震耳欲聋的雷鸣！天空摇晃着，大地在她脚下颤抖着。大雨瞬间倾盆而下。

　　起初她因惊恐而寸步难移。不一会儿几个雨点滴在她的皮肤上，一种愉悦的感觉传遍全身。没错！最初的几点小雨滴平复了她的情绪，她觉得可以将她冰冷的心暴露在这寒冷的大雨之中。她想要哭喊："来吧！雨啊，来吧！浇透我，把我淋死吧！"

　　大雨好像听懂了她无声的哭泣，竭尽全力地泼在她的身上。最开始的小雨点不见了。现在是夹杂着狂怒的瓢泼大雨。这太可怕了。如果她不想被雨浇死，现在就得赶紧回家。她用尽全身力气狂跑起来。她恐惧地喘着气，全部生命好像都集中于一次挣扎——挣扎着从寒冷的暴雨中脱身。这场暴雨对于一个虚弱的女人来说太可怕了。因此，当她来到山顶，她决定步行，任凭大雨淋身。

　　这时，她听到了微弱但有生命力的哭声。她作为女人的直觉告诉她，这是一个孩子的哭声。她停下来，向左望去。雨小了一些，哭声听得更清楚了，是从山坡下的一小丛灌木中传出来的。她的目标已经如此之近，她却要再次下山，这对于纽卡比来说绝对是件痛苦的事情。这是一个审判的时刻，是一个我们平时很难得到的用来证明人类价值的时刻。这样的时刻太难得了。若不抓住，就会转瞬即逝，令我们终身遗憾。

她已筋疲力尽，目的地近在咫尺，她那惯有的嫉妒又浮了上来，更加疯狂地折磨着她。去救另一个人的孩子！她开始向上爬……向上爬……但是雨又猛烈地下起来，狂怒的暴雨中传出激烈恐怖的咆哮声。纽卡比的心险些停止跳动。她无法再前进一步。因为那哭声一直在她心中回响。她转过身，沿着山脊下到灌木丛，尽管她毫无力气，也不知道能否再爬上去。那个孩子大概两三岁，蜷缩着躺在一个小的掩蔽处，所以没有被雨淋到。

纽卡比一句话也没问，将孩子抱在了怀里。当她开始再次爬山的时候，她试着用身体保护孩子，几乎无法抬起双腿。但是，哦，好温暖！这种甜蜜的、苏醒的温暖从一条生命之溪流向另一条生命之溪！纽卡比的血液在血管中融化，奔流。她站起身，双脚踏在湿滑的地上，她重获希望和信仰。她哭道："让我救他。给我一些时间，哦，穆隆古，让我救他。救完再让我去死！"大雨似乎没有听到她的祈祷，也并未因她抱着孩子而怜悯她。她必须靠自己。她重获的对生命的信心给了她力量，当她快到山顶时她滑了下来。她醒过来了，毫无畏惧，准备继续向上爬。孩子不是她的又有什么关系呢？这个孩子不是给了她温暖，那种重新点燃她冰冷的心的温暖吗？她继续努力，孩子紧紧抓住她，躲在她怀里。她拖着双腿，爬上了山顶。雨停了。

纽卡比全身都淋湿了，又累又饿，她吃力地、静静地走过山脊，走向她的小屋。她的血液中汹涌着胜利的感觉。她的双眼闪烁着新的光芒，无惧将要到来的黄昏。她的胜利之感横扫她体力的透支。她走到了自己的小屋，倒在床上。

她的男人因担心她而心烦意乱。纽卡比一眼也没看他。她只是指了指那个孩子，他用干衣服将孩子裹起来。他也给他妻子递了几件干衣服，又添了些柴禾，心里一直嘀咕着纽卡比从哪儿捡来的这个孩子。

纽卡比陷入极度兴奋，嘴里喃喃着："雨……雨……落下来……"然后就没声音了。

过了一会儿，他仔细看了看这个孩子。当他认出这个孩子不是别人、正是恩杰瑞的小儿子时，脸上露出了惊讶的神情。纽卡比那时已经睡着了，因此看不到丈夫脸上的表情。最初他不明白他那"善妒的"妻子怎会接触到这个孩子。

然后他想起来了。他曾看到恩杰瑞发疯似的在山脊上找她失散的孩子。当他抱着熟睡的孩子出门告诉大家这个好消息时，一种自豪感油然而生。他的妻子终于做到了！

旱灾中的"疯"女人

很久以前，我也相信她疯了。这是很自然的想法。因为我妈妈说她疯了。村里的人好像也都这么想。并不是因为这个老妇人做了什么疯狂的事情。她平时少言寡语，但有时会毫无理由地爆发出不可抑制的笑声。人们这样说或许是因为她总是死死地盯着他们看，好像看到了无形的东西。她那深邃、闪闪发光的双眼与那瘦弱、皱纹遍布的身体形成了鲜明对比。但是这个女人眼中蕴含着一种神秘和智慧，让我无法相信她是真的疯了。这是什么样的神秘和智慧，又是如何表现出来的呢？它们或许隐藏在她的身体里，或许表现在她看人的方式上，又或者只是体现在她的举止中。她眼中的神秘和智慧可能只体现在其中一点，也可能所有方面都体现出来。

有一次我向父亲提起我对这个女人的看法。他只是看着我，轻轻地说："这或许是个悲剧。毒辣的太阳、严重的干旱……来得太突然了，使我们苍白，失去了理智。"

我不知道他为何这样说。我认为他没有回答我的问题，只是说出了他自己的想法。但他是对的——我的意思是，他对"苍白"的理解。

正如整个国家都展现出一片苍白——死亡的苍白。

一眼望去，山山相连，到处都是寸草不生的农田。以前那些美丽繁茂的树篱——曾经生长在大片土地上，同时也是我们这个地区农民的骄傲，如今却干枯得一叶不剩。就连长在我们村下的那棵从未枯过的老穆古莫树，绿油油的叶子也都枯萎了。它那生机勃勃的绿色从来不曾把转瞬即逝的干旱放在眼里。很多人预感到大难临头。他们去找村里的先知和巫医占卜，有些人的法力已经消退了，但他们全都预言出了厄运。

广播响起来了。"下面是未来二十四小时天气预报……"天气预报本来只有旅行者才会收听，现在却成了每个人都关心的头等大事。是的。可能那些在肯尼亚广播电台工作的人正在用神奇的工具预测天气。但我们村里的男女老少正在通过观察云朵预测天气，他们在等待着。每天我都会看到父亲的四个老婆和村里的其他女人们到田里去。她们看上去只是坐在那里聊天，但实际上她们在等待上帝赐雨的神圣时刻。那些曾在村里满是尘土的小路上玩耍的孩子们也都停了下来，等待着，观察着，期盼着。

很多人都饿坏了。我们家还是比较幸运的，不像其他家庭，因为我的一个兄弟在内罗毕工作，另一个在利穆鲁工作。爸爸的那番话使我更加认真地思考那个老妇人的事。月末，妈妈从市场买了一些甘薯和扁豆，我偷了一些，晚上试着去找那个老妇人的小泥屋。我找到了，它就位于村子的中心。那是我第一次见到这个女人。后来我又去过很多次，但这个夜晚仍然是我记忆中最生动、最深刻的。

我看到她蜷缩在一个黑暗的角落。壁炉中将要燃尽的火苗发出微弱的光亮，在泥墙上映射出奇形怪状的影子。我被吓到了，想要逃跑。但是我没有逃。我叫了她一声"奶奶"——虽然她可能并没有那么老，给了她一些甘薯。她看了看甘薯，又看了看我。她的眼睛亮了一下，然后又低下头，开始痛哭。

"我以为是'他'回到我身边了，"她哭着说，"哦，是旱灾毁了我！"

我无法忍受眼前的一切，很快就离开了。我猜想父亲是否知道这些。她可能真的疯了。

一周之后，她告诉了我关于"他"的事情。文字已经无法再现那种小黑屋里阴沉的气氛了。她语无伦次地给我讲述了她同干旱进行的一辈子的斗争。

正如我前面所说，在几个月里，我们都坐在那里观望，等待雨水的到来。下雨之前的那个夜晚，一种不寻常的孤独、沉闷的气氛影响着每一个人。街道上寂静无声。这个女人看着她唯一的儿子，听不到任何声音。她坐在那把三条腿的吉库尤椅子上，看着男孩暗黑的脸。男孩在壁炉旁狭窄的床上痛苦地蠕动着。当将要熄灭的火焰偶尔闪烁的时候，男孩的脸便由暗黑变成了苍白。幽灵似的阴影突然掠过墙面，好像在嘲笑这个孤独的守护者。男孩继续问：

"你觉得我会死吗，妈妈？"她哑口无言，手足无措，只能祝愿和祈祷。饥饿的男孩仍在恳求："妈妈，我不想死。"这位母亲无助地向上看去。她感觉自己的力量可能会荡然无存。那个责难的声音再次响起："妈妈，给我一点吃的。"当然，他不知道，也不可能知道，这个女人什么都没有了，她最后一盎司的面粉也已经吃光了。她决定不再麻烦她的邻居们，因为他们已经帮助了她两个多月。他们的储备可能也已经吃完了，但是男孩仍然责难地看着她，好像在责备她毫无怜悯之心。

一个失去了丈夫的女人又能做什么呢？她的丈夫是在突发事件中身亡的。他并没有在茅茅起义中牺牲，也不是被殖民者杀害，而是在啤酒聚会上被毒死的。至少人们是这样说的，就是因为他死得太突然，他现在无法帮她照料儿子了。对她来说，这个1961年的夜晚与十几年前的那个夜晚是完全不同的。十几年前的那个夜晚，她的两个儿子由于干旱和饥饿相继离世。事情发生在所谓的"木薯饥荒"时期。因为人们吃的面粉是用木薯做的。那个时候她的男人还在她身边和她一起承担悲痛。现在她孤身一人了，这似乎对她太不公平。难道她的家庭被诅咒了？她想是这样的，要不是她妈妈幸运地被一个传教士从另一场饥荒中救出来，她就不会出生了。这是在真正的白人出现之前发生的事情。卢拉雅饥荒（英格兰饥荒）是有史以来吉库尤人民面临的最严重的饥荒。她的祖父母都死了，家里只有她一个人被救了下来。是的。当她看着儿子责难和祈求的脸庞时，所有旱灾的可怖之处便向她袭来。为什么一定是她？为什么不是别的女人？她唯一的孩子生命快要走到尽头了。

她离开小屋，去找村里的酋长。显然他什么都没有。他似乎并不理解她的处境，或是不明白旱灾真的会死人。他以为她的儿子是由于老毛病而遭受痛苦，她也曾经这么认为。她的儿子总是病怏怏的，但是她从来没有带儿子去过医院。即使是现在，她也不愿带他去。不，不，就连医院都有可能将儿子从她身边带走。她情愿为儿子做任何事情，想要竭尽全力去帮助他。这次她知道是饥饿正在杀害她的儿子。酋长告诉她，最近救济中心会给他们分发食物——这是在干旱地区实行的部分饥荒救济方案。为什么她之前没有听说过这件事情？那天晚上她睡着了，但是没睡好，因为那虚弱的声音一直在问："我会好起来吗？"

等待分发救济品的队伍很长。她带着一天的口粮，怀着沉重的心情往家走。她并没有进屋，而是坐在外面，双腿虚弱无力。陌生的男男女女从她屋子前面经过，却没有跟她说一句话。也没有必要说什么了。她知道他的儿子已经走了，永远不会回来了。

这个老妇人跟我讲这一切的时候，没有看我一眼。她抬起头，继续说："现在我老了。太阳落在了我唯一的孩子身上；干旱将他带走了。这是上帝的旨意。"她又低下头，捅了捅快要熄灭的炉火。

我起身离开了。她语无伦次地给我讲了这个故事。她的话确实不像从一个发疯的女人嘴里说出来的。那天晚上（不是周日就是周六）我走在回家的路上，心想为什么有些人生来就要受苦，就要经历磨难。

我最后一次和那个老妇人聊天大概是两三周以前。我记不清了，因为记性太差。现在下雨了。事实上，雨已经下了一周，尽管只是毛毛细雨。女人们忙着耕作。人们心中重新燃起了希望。

昨天下起了倾盆大雨。雨很早就下了起来。很多年都没有下过这么大的雨了。我带着礼物去找那个老妇人，这次的礼物不是甜薯和扁豆，而是红薯。我打开门，看到她蜷缩在平时的那个角落。火灭了。只有一盏闪烁着黄色火苗的灯笼在半空摇曳。我跟她说话，她慢慢抬起了头。在暗灰的冷光中，她看上去十分苍白。她微微睁开双眼，眼中那神秘的光芒愈发明显。她的目光中还有其他东西。不是悲伤，而是闪烁着快乐的光亮，或是兴奋，好像她找到了那失去已久、寻求已久的东西。她挤出了一丝微笑，但是那微笑中含有一丝可怕的、甚至近乎残忍和丑恶的东西。她虚弱地说了几句话，并没有直接对着我说，但显然大声表达出了她的满足和轻松。

"现在，我看见了他们所有人。他们都在门那儿等我呢。我要走了……"

然后她又弯下腰去。几乎与此同时，那盏微弱的灯笼熄灭了。就在灯笼熄灭之前，我看到我给她的所有礼物都堆在那个角落；那些食物一点都没被碰过，全都完好地储存在那里。我走了出去。

雨停了。我沿路走着，经过一扇扇门，看到了燃烧着的炉火，听见了人们的说笑声。

我的家人都聚齐了。爸爸也在。妈妈已经把饭做好了。我的兄弟姐妹们讨论着这场雨和刚刚结束的干旱。爸爸像往常一样安静地思考着什么。我一言不发。我并没有加入他们的讨论，因为我的思维还停留在那个"疯"女人和我那些丝毫未动的礼物上。我在想，她会不会随着干旱和饥饿一起离开我们。这时，我的一个兄弟提到了这个女人，还开玩笑似地嘲笑她的癫癫。我站起来愤怒地瞪着他。

"真的疯了！"我几乎尖叫起来。每个人都惊恐地盯着我。所有人，除了我的爸爸，就这样一直盯着我。

第二部
斗争者与牺牲者

乡村神父

乌云笼罩了天空，约书亚神父低声咕哝着："又要下雨了。"他的声音很小，小得一米之外的人几乎都无法听清。他站在一块隆起的土地上，若有所思地凝视着密布的云层，凝视着村庄。在他身后，是一座钢板屋顶的方正的房子，烟囱里冒出黑色的浓烟，说明房子的女主人已经从田里回来，正在准备晚餐。这是他的房子，也是山脊上唯一一座这样的房子——其余的都是稻草搭建的圆顶小屋，墙壁由水泥修葺而成，这样的小屋遍布四周。而这些小屋同样有黑色的浓烟升起。

约书亚知道，在很多这样的小屋里，人们已经饿了很长时间，他们几乎没有东西吃了。在过去的几个月里，他一直安抚着饱受饥荒之苦的村民，向他们承诺上帝一定会及时给他们带来雨水。由于旱情严重，且持续了好几个月，所以田里的庄稼几乎都毁了，有些甚至完全干枯。牛羊变得皮包骨，很难再挤出奶来。

如果现在能够下雨，对每个人来说都是好事，也许庄稼能够恢复生机，一切都会好起来。男女老少脸上焦虑的神情也会因此消失。这个老人再次看了看头顶的乌云，慢慢地走回屋里。

雨很快就下了起来。震耳欲聋的雷声响彻天际，一道道刺眼的白色闪电怒吼着划破天空。他被吓到了。约书亚那马靴形状的脑袋上长着又短又硬的灰白头发。他站在窗前，看着倾泻而下的雨水直击干涸的土地。大地渐渐变得湿润起来。他激动地喃喃自语："耶和华！他做到了！"他感觉被欺骗了，心中充满苦涩与愤怒。因为他知道这场在早晨祭祀过后接踵而至的雨水，不过是求雨者牺牲一只黑色公羊换来的胜利。是的，这是他们长期以来在马库尤村挣扎、抗争的结果。

马库尤村是一个远离人世的小村落，甚至连最近的教会都在五十五英里以外——对一个没有路的村子来说，确实太远了。事实上，这可能是最后一个没有被白人传教士、白人农场主和白人管理者严重影响的区域了。乡下其他地方的村民都目睹了基督教对求雨者、巫医和法师的挑战，但在这里，求雨者的威望依然至高无上。

这里的挑战和争斗始于执行萨拜尼任务的教士利文斯通的到访，他把约书亚带向了新的信仰。白人的上帝是全能的，无所不知、无所不晓的，他唯一的上帝，是万事万物的创造者。在许多人都逐渐被约书亚带入了新的信仰后，求雨者宣告了他的不满，他感到愤怒，并试图说服人们不要信从约书亚的说教，并用瘟疫和死亡来恐吓威慑人们。

但是约书亚并不在乎。他为什么要在乎呢？利文斯通并没有向他保证过，上帝将"永远与他同在，直到世界末日"。

而后，干旱再次降临。约书亚不断地告诉人们，会下雨的。他也一次又一次地祈祷雨水的降临。但是雨水始终没有出现。求雨者说，这场干旱正是来自旧神灵的愤怒，只有他自己——求雨者，能够为人们祈求到雨水。这天，在老祭祀树——穆古莫地下面，一只完好无损的黑色公羊被奉为祭品。而现在，真的下雨了！整个早上约书亚都在祈祷，祈求上帝不要在这个特殊的日子下雨。"上帝啊，我的上帝，我恳求您千万不要在今天下雨。让我战胜这个求雨者吧。我们将赞颂您。"尽管如此，还是下起了雨。

约书亚感到困惑，不明白究竟为什么会这样。整个夜晚他一直眉头紧锁，谁都不理。他甚至忘记和家人一起做晚祷就去睡觉了。他在床上辗转反侧，思考着这个新的上帝。如果利文斯通在的话就好了！一切都会豁然开朗。他一定读过那本黑色圣典，也一定向上帝做过祈祷，这样求雨者就不会成功。一周之后，利文斯通会在公众的见证下求雨，那么所有人就都会相信这个新上帝，相信约书亚在马库尤村里无可争议的精神权威了。

突然，他产生了一个想法，这个想法如此令人震惊，以至于他躺在那张由绳子和竹竿做成的床上竟然无法动弹，甚至难以呼吸。他本该想到这一点的，本该知道这一切：这个新的上帝属于白人，他只听白人的话。每个人都信奉自己的神，马赛人有马赛人的神，吉库尤人有吉库尤人的神。他开始颤抖了，他好像明白了一切。一些神要比另一些强大，即便是利文斯通也是清楚这一点的。也许他畏惧吉库尤人的神，这也是他离开这里并且在旱灾持续的这段时间里再也没有出现的原因。

这可如何是好？我该怎么办？他突然又想明白了。那天进行了一场祭祀仪式，他要在一大早就去找那棵神树，同他们的神讲和。

那是一个让人瑟瑟发抖的清晨，太阳还未露头，而这里已经响起了第一声鸡鸣。约书亚套上了一件宽大的雨衣，迈着沉重的步伐走向院子。

　　房子和谷仓那黑色的轮廓凝视着他，让他有一种不祥的预感。约书亚很害怕，但他心意已决。经过了漫长的小道，去往遥远的森林，去找那棵神树，然后在树下与人们的神讲和。飞鸟像往常一样唱着黎明的序曲。但对约书亚来说，这个序曲曲调阴郁沉闷，而且似乎唱的就是他自己。这棵参天的古树始终伫立在那里，在约书亚出生之前很久就已经存在了。一眼望去，它是如此神秘，却又带着丝丝不祥的预兆。正是在这棵树下，长者与巫医们进行着一场场神的祭祀。约书亚穿过干枯的灌木丛走到树下。可他要如何与神讲和呢？他没有用于祭祀的公羊。他什么都没有。

　　"吉库尤族的神啊，我子民们的神……"约书亚停住了，这声音听起来如此不真实。不，他就像是在对自己说话。他又继续道："我的……"一个清脆的笑声，像树枝折断的声音般清脆的笑声打断了他。他感到惊恐，迅速回过头去。在约书亚身后站着的是求雨者，他不怀好意地看着约书亚。求雨者又笑了起来，这是一个阴险的笑容，却带着一种胜利的骄傲。

　　"哼！白人的走狗来到我们的地盘。哈！哈！所以约书亚是来讲和的。哈哈哈！我就知道你会来的，约书亚……你帮助白人分裂我们这块土地，现在你只能被你子民的力量所净化了。"约书亚并没有等他讲完就离开了那棵沉默的树，远离了求雨者。这并非因为恐惧。他不再畏惧那棵树，也不再畏惧求雨者了。他不再畏惧他们的力量，因为当他与神树对话的时候，他发现这些都是不真实的。这不能说是一种挫败感，而是另外一种东西，一种更糟糕的东西……羞愧。这是一种更强烈的空虚和无助，只有牺牲过自己信念的意志强烈的人才能感受得到。羞愧让他加快了步伐，让他在这个晨晓往回走的路上无法旁视。

这段路途是漫长的，道路是泥泞的，不过约书亚并不在意。他什么也看不见，什么也感受不到，唯独剩下内心空洞的羞愧和对自己的恨意。要是他没有在那棵古树下牺牲自己的信仰呢？"现在利文斯通会和我说什么呢？"他不停地自言自语着。利文斯通会再次指责他，认为他是废物。此前，约书亚曾偷偷喝了一口啤酒来解渴，利文斯通就批评过他。还有一次，约书亚因为妻子不顺从他而施以家暴时，他也曾警告过他。

"这不是信仰上帝的人会做的事。"利文斯通用低沉的声音向他说。是的，没人能理解利文斯通。有时他展现出一种无理的严厉专横，有时他又显出悲伤痛苦的样子。当他戴着厚边的太阳帽，用那双深陷的蓝色眼睛深沉地注视着你的时候，你很难看出他在想什么。约书亚现在很清楚，利文斯通一定会觉得他很没用，无法成为一个领导者——事实上，就连他自己也这么认为。

约书亚终于回到了家，太阳已经从东方升起来了。他站在门外，环顾着山脊与村庄。突然有一瞬间，他似乎想要逃离，再也不回来。约书亚沉浸在这个想法里，直到妻子过来告诉他，"有人"在屋里等着要见他，他似乎都没有注意到妻子脸上焦虑惊讶的表情。

会是谁呢？这些女人啊，她们从来不会告诉你到底是谁，她们总是用"有人"来代替。他什么人都不想见，因为他感觉自己现在通体透明。会是求雨者吗？想到这里他不禁打了个寒战。或者是他的信徒？现在他连自己的信仰都背弃了，又能跟他说什么呢？他不配做一个神父。"如果今天我见到了利文斯通，我会让他放弃我。然后我就离开这里。"

他走进屋子，然后停住了。因为坐在吉库尤三脚凳上的，不是别人，正是利文斯通。利文斯通经过整夜的长途跋涉，看起来疲惫不堪。他抬起头看着约书亚，但约书亚并没有看他，而是看着别的东西。

他在看他背弃了信仰的那个祭台，看见了求雨者，听见了他挑衅的胜利般的笑声……

跑吧，约书亚！可他没有动。

跑吧，约书亚！他居然走向了利文斯通，像是为了保护自己。

不要告诉他！可是约书亚说出了一切。此间约书亚始终不敢抬起头，头就这么一直低垂着。当他坦白一切的时候，深深的空洞与羞愧包围着他，他感觉小腿渐渐无力，似乎要沉下去，沉下去……他紧紧靠在墙上，眼睛始终盯着地上。利文斯通一句话也没说。房间里一片寂静。约书亚甚至能听见自己的心跳声，咚咚，咚咚。他在等着利文斯通斥责自己一无是处之后起身离开。

当约书亚小心翼翼地抬起头，却发现利文斯通微笑着看着他。约书亚这一生都没有如此惊讶过。利文斯通过去的严厉与冷酷此刻荡然无存，取而代之的是作为一个新的坚定的信徒所流露出的柔软而和蔼的同情。约书亚无法理解他这种神情，他的心越跳越快，心跳声也越来越大。

利文斯通想了想，用右手握住约书亚的右手，左手拍了拍他的肩。他轻声对着破碎的心和忏悔的灵魂说着话。约书亚默默地看着他。最后，利文斯通说："我们一起祈祷吧。"

约书亚的妻子进来了，发现他们沉浸在祈祷中，于是又回到厨房，她不知道发生了什么。几分钟后，她又过去看他们，发现利文斯通正在谈论马库尤村的事，现在下雨了，干旱的问题也解决了。而约书亚正在认真倾听着。

黑 鸟

没有人真正了解他。就连瓦马伊萨，这个声称和他最亲的人都不了解他。他一直独自生活着。究竟谁能帮助他呢？

我对他的印象很深。在我的印象里，他个子很高，有着强壮的四肢，给人一种可以轻松踩上去、碾碎任何人的感觉。他有一双又黑又亮的大眼睛。有时候，这双眼睛看起来像孩子一样可怜无助。这双眼睛时而让你同情，时而让你害怕。有时他会盯着一面墙，注视着所有细节。我不知道他是不是沉浸于自己的幻想之中，但他常常从幻想中跳脱出来，然后环顾四周，仿佛刚从梦魇中醒来。

我第一次见到他是在学校里。曼果是那时利穆鲁唯一的一所学校。因此，整个村庄的孩子都来这里上学——当然也包括他。他来自距离学校几英里远的噶提吉-伊尼山脉。每天放学，他都要越过很多山脉，跨过很多山谷，穿过很多平原。在学校，我们叫他库鲁马，意思是"咬"。很有意思，但我不记得为什么要这么叫他了。他的真名叫曼噶拉，是一个身材魁梧、年轻力壮的家伙。他长得挺帅气，很受女孩子欢迎，但他总是回避她们的热情，事实上，他对所有人都爱搭不理。他擅长运动，而且喜爱做一些有难度的运动，像跑步、跳跃、拳击之类的。他尤其热衷于摔跤，并向人发起挑战，甚至挑战年纪比他大的男孩子。如果他被打倒了，他会爬起来继续，即便被打倒二十遍，他也绝不生气。在足球方面，更是无人能与他抗衡，他简直就是大家的英雄。

最开始我并没有怎么被他吸引，可能因为我有些嫉妒他吧。你看，我并不擅长运动，而且在任何领域都没什么强项，就连学习也不够出众。像他这么受女孩子和老师们欢迎的家伙，是很容易引起别人嫉妒的。我讨厌他，我讨厌他那种超然的平和，在我看来这不过是另一种自傲，是对向他示好的人的不屑。

但后来，我发现了他的孤独。

我不知道是什么让我意识到这一点的。是他的眼睛吗？也许吧……对，我想是这样的。在一次学校的大会上，我偶然回过头，看到他凝神注视着，好像在认真地关注他周围发生的一切。我是无意中看到他的，这个过程只持续了一秒钟。当他发现我在看他时，便低下头，移开了目光。

还有一次，我很早就到了学校。我朝着墓地的方向独自漫步，发现曼噶拉就在我前面，他陷入自己的沉思。我没有去和他搭话。

我和他的故事还没有开始。

没有人会去学校下面那片茂密的小树林里，男孩子们一直都觉得那里闹鬼。据说，很多年前曾有一个女人被丈夫施行家暴，当她逃到这片小树林的时候，突然就死掉了。

是什么驱使我过去的呢？或许我感到太孤独了。在一次午休时间，其他男孩都回家了，我独自来到这片小树林的中心，那是一个开阔、干净、空旷的地方。在那里坐着一个人，这个人就是曼噶拉。一开始他由于我的闯入而惊讶和恼怒。他盯着我，我也盯着他，我们就这样一直沉默着，直到我突然打破了这种沉默。

"你在这里做什么？"

他并没有马上回答我。他看着我，皱了皱眉头，似乎在审视着这个问题。我有点生气，当我打算再问他一遍的时候，他终于开口了。

"我在寻找黑鸟。"

"黑鸟？"

"是的。"他很小声地回答，目光越过我看向我的身后。我转过头去看他在看什么，却什么都没看见。我很疑惑，觉得他的行为很奇怪。我突然想起大概一个月前我在学校墓地遇见他的事。

"有一天我看到你在墓地那儿。"

"噢，是吗？"

"是的。"

"还是因为黑鸟。"

我笑了，他也笑了。然后他又严肃起来了。我想这就是一个男学生的幻想吧。

"你找到它了吗？"

"没有！"

我没再多想。但从这次遇见他之后，我们之间友谊的种子开始萌芽了。

我们一起走在学校里，他再也没有提过"黑鸟"。他是个聪明的家伙。虽然他好像在学习上没怎么用功，但每次期末考试的时候总能取得好成绩。因此他也是为数不多的几个考上大学的男生之一。从此我们踏上了不同的人生路。我在利穆鲁的 T.&H. 贸易公司找了一份工作。

作为一名医学生，他很优秀。每个人，包括老师在内，都对他寄予厚望。

"可是，他到底是怎么了？"有一次他的同学问我。那时我们俩在内罗毕的一家咖啡厅喝茶。

"为什么这么问？"

"他总是对一些东西很入神。他这个人很奇怪……有点孤僻，我可以这么说吗？而且他看东西的方式……你可能会觉得，嗯……"

在大学里，他遇到了来自吉克罗罗村的年轻女教师瓦马伊萨。他很喜欢她。我很少见到他，但他总会提起她。他想娶她。那些年里他的孤独似乎离他远去，而他距离所谓的幸福是如此之近。在他对于同这个女孩幸福团聚的孩子般的期待中，有些事情毫无希望得怪异而悲惨。我有一两次见到他们俩在一起，她身材高挑苗条，头发黑亮整齐。她很虔诚，至少在我看来是这样的。甚至在她走路的时候都充满了神圣之感。她很美，她的美不单是外形上的，更多是由内而外的，甚至全身都闪耀着光芒。

他大学最后一个学期前的那个假期，他出人意料地出现在我们家中。我疑惑地看着他，他那飘忽不定的目光又回来了。他变得又老又疲倦。那时漫溢出来的幸福已经不复存在。我猜瓦马伊萨已经离开了他，但我觉得最好不要提及这件事。

我们家里有一个我很喜欢的小房间，我们以前常常在里面吃饭、看书、聊天。一天晚上，我们吃完饭没过多久，像往常一样围着桌子坐下来。灯盏好似被神灵附体，明亮得很。我们两个都没说话。我静静地看书——书名我想不起来了，但我心不在焉。曼噶拉比往常显得还要孤僻。

"你从没听说过黑鸟。"我几乎要跳起来了。我想起来他上学的时候，我们在"闹鬼"的小树林里相遇的情景。

"那是你上学时就在寻找的鸟吗？"

"是的。"

"得了吧！你一定是在开玩笑。"

"我这辈子从来没有这么认真过。"他停住了。我想笑，但他说这话的语气让我实在笑不出来。接着，他深深叹了一口气，说："我一辈子都在寻找黑鸟。"他看了看我，继续说了下去。

"你不是迷信的人，我知道你会说你不是。你一定觉得一个学医的人相信迷信是件很奇怪的事。但我告诉你这不是迷信。这是——你想过过去吗？"

"呃，不是很多。"

"你确实没想过。比如，过去能在后面追赶你，为了复仇而杀死你。"

"怎么会呢？"我很迷惑，又很害怕。

"这么说吧，你觉得发生在你爷爷或你爸爸身上的事情会影响到你吗？"

"在什么方面？"

"嗯，各个方面……如果你爸爸被诅咒了，那么这个诅咒会传递到你身上吗？"

"我爸爸身上的罪孽传递到第三代、第四代人身上，是吗?"

"是的，就是这样。"

"怎么可能! 这太荒谬了!"

他叹了口气，又开始自言自语:"唉，我不是要怪你，只是现在我知道了，瓦马伊萨是不会理解的。"我愣住了，我从未听过有人用如此可怜的语气说话。

"那是一个周日的晚上，"他突然说，"在我从奶奶家回来的路上，皎洁的月光诱惑我在山脊上漫无目的地行走着，因此到家的时候已经很晚了。妈妈在家里，我的两个弟弟在床上玩耍，离壁炉很近。他们看起来都很开心。爸爸不在。这很反常，我父亲没有晚出的习惯。即便是出去做礼拜，他也总是早早回来。所以，过了一会儿，我们都变得很焦虑。

"我刚刚吃完饭，突然想起了雷鸣般的敲门声。瞬时，门前出现了一个黑影，这个黑影正是我的爸爸。他平时整齐干净的头发此时却变得蓬乱不堪，他的眼睛里布满血丝。他站在那里沉默了很久，好像在审视眼前的情景。然后，他猛地倒在了满是灰尘的地上。

"我们都惊恐地叫了起来，以为他死了。

"其实他并没有死。当我妈妈把冷水洒在他头上的时候，他慢慢地睁开了眼睛。他看到我们都围着他，感到很惊讶。恐惧占据了他的身体，他颤抖得很厉害。他低声呢喃着，而我唯一听清的词只有'黑鸟'! 除此之外，再无其他。他又睡了过去，直到第二天才醒来。

"那是我第一次听到黑鸟。

"而我爸爸没能在那场惊吓之后活太久，大约一个多月之后就去世了。人们都在议论他的突然死亡。因为我爸爸是一个成功的男人，因他的热情和诚实而出名。

"不久之后，我的两个弟弟也因肺炎相继离世，留下我和妈妈两个人。我们卖掉了所有家当，逃离了齐安布，搬到了噶提吉-伊尼。也就是那时，母亲才跟我讲述了她所知道的全部——我是说，关于黑鸟的故事。"

曼噶拉停了下来，深吸一口气。

"你知道，一切都是从穆兰嘎开始的，那是我们最早住的地方。我们在那儿有大片土地。我的爷爷是第一批信仰白人带来的基督教义的人。这群人都是热切的；他们开始相信人们的内心是邪恶的，一切传统都是罪恶的。我们的所有信仰都是迷信，是魔鬼的杰作。我们的神被称作黑暗之子。而我爷爷和他的同伴们深信，他们是上帝招选出来将一个迷失的部族从永久的罪孽中拯救出来的战士。没有什么能伤害他们。上帝站在他们这边；因此他们翻山越岭，来到圣地，扔掉了在穆古莫树下向嗯噶伊祭祀的肉。上帝的战士们要与撒旦决一死战！

"现在，在这片土地上德高望重的老穆都穆格出现了。他能治愈许多疾病，曾与阿罗吉和其他恶魔斗争。听说他甚至能预知未来。他的法力很强大，他用法力为人们带来福祉，尤其是在干旱与战乱时期。我爷爷径直去找这个人，激动地捣毁了他的所有东西，并将它们付之一炬。然后，他开始用基督教义来教化他。起初，这个老人对发生的一切感到难以置信，接着，他用一种令人恐惧的声音对我爷爷说，你会付出代价的。然后他就消失不见了。

"很多年后他又回来了，变成了黑鸟。我爷爷与他的妻儿相继去世了，只剩下我父亲一个人。他们临死前都说，他们看到了黑鸟。后来我父亲从穆拉嘎逃到了齐安布。但正如你所想的，黑鸟追着他来了。"

曼噶拉再一次停住了。他的声音非常疲惫，让我不得不抬头看他，他说："我妈妈在我们搬到噶提吉-伊尼之后很快也去世了。她也看到了黑鸟。我很难想象，为什么我的父母都要因他们从未犯下的罪孽而死去呢？为什么？为什么？我发誓我要一直寻找黑鸟。我祈祷希望能够抓住它。但这一切都是徒劳的。你可能不相信，但是对我来说，黑鸟是真实存在的。在学校期间，我一直都在寻找它。然后，我就上了大学。

"我在那里遇见了瓦马伊萨。那时我几乎忘记了黑鸟的存在，脑子里唯一想着的只有怎么娶到瓦马伊萨。现在想来，我真是太蠢了，居然认为自己成功了。也许我觉得这能使我的灵魂得到歇息……我再也没有去想黑鸟的事了，就算有过，我也试图把精力都放在学习上，从而将它从我脑中驱逐出去。"

他又停住了。他将双手交叉放在脑后，靠在椅子上。他的目光越过我，说：

"我现在终于见到黑鸟了。"

我站起来，恐惧地环顾着四周。墙上摇曳的影子好像是恶魔的化身。我再一次坐下来，羞愧难当。

"那是在上一周，你知道我并没有直接来这里。周日我跟瓦马伊萨一起散步。我这辈子从没这么幸福过。我第一次感觉好像甩掉了过去的包袱,在我和瓦马伊萨的二人世界中获得新生。我们在一起有说有笑。黄昏渐渐降临,我们在山丘上像孩子一样打闹嬉戏。瓦马伊萨离开了一会儿,我躺下来,双眼漫无目的地发着呆。

"那只鸟在盯着我。我无法描述那时自己对这个诡异景象的反应。我感到麻木茫然,甚至叫不出声。我只是往上看,对自己感到一丝奇怪。现在我跟自己寻找很久的黑鸟面对面了,而我却不知道做什么。鸟是黑色的;如煤烟一般黑……也许是被日落的暗影加深了颜色……但它的眼睛很大,而且……而且……看上去就像是一双男人的眼睛……它们是红色的……哦……不,不!它飞走了,而我一动不动。"

曼噶拉一边回忆,一边颤抖,我也颤抖着。我冲向大门,疯了似地上紧门闩。然后我冲向窗户,把它关上,拉上窗帘将这不祥的黑暗挡在窗外。然后我又回去了。

"你告诉瓦马伊萨了吗?"

"没有,我没告诉她。我跟她说我不太舒服。她看见我在发抖,以为我感冒了……我怎么能把她也拖进来呢? 更何况,她也不会相信这一切。就连你……"

我赶紧反驳。但在我心里,也许是想要跟自己所展现出来的懦弱抗争。我认为,他作为一名医学生,一个在西方信仰和观念下长大的人,竟会深信这种荒谬的事,这简直是种耻辱。

"我知道你不信。如果有人跟我说这些,我也不会相信……"

那天夜里,我们都上床睡觉了。他叫我,对我说:

"你知道,我爷爷应该在神树下净化自己。我妈妈去世前说了类似的话。"

那天晚上我辗转反侧，难以入睡。

曼噶拉回到大学，修完他的最后一个学期。我没有再听到关于他的消息。现在我在公司里有了一个更好的职位，他们派我到坦噶尼喀去负责仓库的事务。我感到很荣幸，因为我是公司里第一个获得这个职位的非洲人。

我在坦噶尼喀待了六个月，然后就休短期探亲假回了家。利姆鲁没有什么大变化。辟出了一块地要建贸易中心，但是老印度集市还在。我穿过市场，走上通往我家的小路。就在那里，我见到了瓦马伊萨。她变了。她依旧高瘦，却面目憔悴。她穿的裙子看起来一周没有洗过了。真是奇怪，她过去亮丽、圣洁的样子哪儿去了？曼噶拉又去哪儿了？

"你现在还好吗？"我握着她那骨瘦如柴的手问道。

"我挺好的。"

"曼噶拉呢？"我轻快地问。

她盯着我看，我也盯着她看。我的问题好像伤害了她。

"你没有听说吗？"

"听说什么？"

"他死了。"

"死了?!"

"他没能通过考试。所以，人们都说，他因此自杀了……哦！哦！他为什么就不相信我呢？我真的很爱他……"

她放声大哭，好像他不久前刚刚去世一样。我一时间懵住了，他怎么会没通过考试呢？

一周以后，可能因为变天，我胸痛，还严重地咳嗽，于是我去见了 K 医生，他也是那所大学的毕业生。我们聊了很多，后来我们聊到了曼噶拉的死。

"人们都认为他因考试失利而自杀，但我并不相信。他是个很奇怪的人。他很聪明，我们之中没人能跟他相比。但在最后一个学期，他荒废了所有学业，而且日渐消瘦。每到晚上，他都会在学校的小教堂周围游荡。他像行尸走肉一样，但一到考试的时候，他的双眼就会出奇地闪亮，好像看到了一些美丽又令人惊喜的东西……考试结果出来了，他没有通过。他就是在这里知道考试结果的，我就跟他在一起。我跟你说，他看起来一点都不惊讶，好像他早就知道这个结果似的。一周之后他被发现死在神树下。他的眼中流露出一种奇诡的平静，你知道，就像是他完成了一项艰巨的任务。那种眼神就像是一个获得了重生的人。"

当我回到家后，直接就上床了。但我良久地盯着头顶的空间，不知是否要熄灭灯光。

牺牲者

　　贾斯通先生和太太被匪徒谋杀在家中的案件发生后，引发了很多传言。这一谋杀案见诸各大日报的头条，并在新闻广播中被当作重大事件来报道。之所以引起如此广泛的关注，可能是因为他们是在这场席卷全国且日渐高涨的暴力浪潮中第一批被杀的欧洲移民。而且据说这场暴行有着政治动机。现在不管你去哪儿，不论是市场、印度集市，还是偏远的非洲本土商店，你都会听到有关这起谋杀案的种种议论，它引发了各种各样的解释和猜测。

　　在某个偏远的小山丘上，有一座孤零零的房子，这个问题在那里被讨论得要比其他任何地方彻底。这座房子的主人确切地说是希尔太太。她的丈夫是开拓时期一位经验丰富的老移民，早些年在去乌干达的途中因感染疟疾而死。希尔太太的儿子和女儿在他们本国——英国读书。身为最早一批移民之一，希尔太太拥有遍及整个乡村的大片茶园。她很受人尊敬，当然，也有一些人不喜欢她。

　　因为有人不喜欢她那种在他们看来对"当地人"过于"放任"的态度。两天后，斯迈尔太太和哈迪太太来到她家里谈论这起谋杀案，她们的表情既悲伤又喜悦，悲伤是因为欧洲人（不仅仅是贾斯通先生和太太）被杀害了，喜悦则是因为当地人罪恶的本性和忘恩负义被毋庸置疑地证实了。希尔太太再也不能坚持那种只要方式得当、当地人就可以变得开化的论调了。

斯迈尔太太是一个瘦瘦的中年妇女，坚硬挺拔的鼻子和紧闭的双唇都会让人联想起一个传教士。至少在某种程度上，她算是一个传教士。她坚信自己用善意在一个未开化的蛮荒地区构建了一片文明乐土，而且她有责任通过她的步态、谈话以及日常行为来告诉当地人和其他人这一事实。

哈迪太太有着布尔血统，早年从南非移民到这个国家。她对任何事物都没有自己的看法，而且她发现自己几乎认同所有与她的丈夫和她的种族相近的观点。比如，就在这天，她发现无论斯迈尔太太说什么，她都认同。可希尔太太仍然坚持自己的立场，她还是觉得当地人骨子里是驯良的，只要友好地对待他们就可以了。

"这就是他们所需要的，友好地对待他们，他们也会友好地对待你们。看看我的'男仆们'，他们都很爱戴我，我让他们做什么，他们就做什么！"这就是希尔太太的一套理论，而且受到了许多推崇开明进步观点的人士的支持。希尔太太已经为她家的男仆们做了一些开明的事情，不仅建造了一些砖房（注意，是砖房），还给孩子们建了学校。即使学校没有足够的教师，即使孩子们只能上半天学，之后的半天要去种植园里干活，她都认为这些并不重要，因为其他移民根本没有勇气做这些事！

"太可怕了，天哪，这是多可怕的做法！"斯迈尔太太激动地嚷道。哈迪太太也随声附和着。希尔太太依旧保持中立的态度。

"他们怎么能这么做？我们给他们带来了文明，我们终止了奴隶制和部族战争。他们怎么都还过着如此野蛮的生活?"斯迈尔太太使出浑身解数来展示自己的口才,然后她难过地摇了摇头,下了结论:"我早就说过他们难以被教化。"

"我们应该表现得宽容一些。"希尔太太建议道。比起斯迈尔太太传教士般的长相,希尔太太说话的语调倒更像个传教士。

"宽容!宽容!我们还要宽容多久?还有谁能比贾斯通一家更宽容?还有谁更善良?只要想想他们收留的那些擅自占用土地的人……"

"嗯,不是那些擅自占用土地的人干的……"

"那是谁干的?谁干的?"

"他们都应该被绞死!"哈迪太太提议,声音里带着坚定。

"他们是被自家的男仆从床上叫起来的!"

"真的吗?"

"没错,就是他们的男仆敲的门,催他们快开门,说有一些人追他——"

"可能是因为——"

"不!这是策划好了的,全都是骗局。就在门打开之后,匪徒们就冲了进去。报纸上都写了。"

希尔太太看起来十分内疚,因为她还没有读那份报纸。

下午茶的时间到了。她走到门口,用友善又尖锐的声音喊道:

"恩交罗盖!恩交罗盖!"

恩交罗盖是她的男仆,高大魁梧,接近中年,侍候希尔太太已经有十多个年头了。他头戴红毡帽,穿着一条绿色的裤子,腰上缠着红布带。他很快出现在门口，扬起眉毛露出询问的神情，同时问道："什么事，夫人？"或者有时会说："来了，先生。"

"把茶拿过来。"

"好的，夫人。"他迅速环视了一下房间里的太太们，然后就离开了屋子。刚刚被恩交罗盖的出现打断的谈话现在继续。

希尔太太说："他们看起来非常无辜。"

"没错，看上去是纯真的花朵，藏在下面的却是恶毒的蛇。"斯迈尔太太十分熟悉莎士比亚的名言。

"他和我待了差不多十年，非常忠诚，也非常爱戴我。"希尔太太在为她的男仆辩解。

"不管怎么样，我都不喜欢他，我讨厌他的脸。"

"我也是。"

茶被端上来了。她们喝着茶，继续聊着这起谋杀案、政府的政策以及善于蛊惑人心的政客们。这些政客是不受这个国家欢迎的。希尔太太始终认为，那些去过英国且自认为受过高等教育的半文盲似的政客们根本不了解民众的凤愿。你还是得通过友好地对待你的仆人的方式来赢得他们。

但是，当斯迈尔太太和哈迪太太走了之后，她反复地回想这起谋杀案以及刚才的谈话，不禁感到心神不安，而且，她第一次意识到她住得太偏远，以至于万一有什么袭击，都没办法求得任何帮助。不过一想到自己还有把手枪，她又安下心来。

用完晚餐，恩交罗盖的一天也就忙完了。他走出光亮的地方，走进无边的阴影中，很快消失在黑暗里。他沿着一条从希尔太太家到工人宿舍的小路走下山来。他想吹个口哨来驱散飘荡在身边的寂静和孤单，却没能吹成，反而听到一声急促尖锐的鸟叫。鸟儿在晚上悲鸣真是一件奇怪的事情。

他停下来，一动不动地站着。山下，他什么也觉察不到。但是在他身后，希尔夫人那座房子的巨大轮廓彰显出宏伟的气派。他专注地向后看去，感到恼怒。在他的怒气中，他突然意识到自己在慢慢变老。

"是你，都是你，我和你生活了这么长时间，是你让我陷入这种境地！"恩交罗盖想冲着那座房子把这些话大喊出来，把长久积压在心底的话都喊出来。但房子不会有任何回应，他觉得自己有点傻，于是继续前行。

鸟又叫了，两次了！

"算是对她的一次警告吧。"恩交罗盖想。但当他想到这伙白皮肤的外国人占据了上天赐予他们的土地，取代了原本属于他们本地人的位置，心中的怒火又熊熊燃烧起来。上帝不是把这块土地赐予吉库尤人了吗？不是赐予我和孩子们了吗？不是永远都赐予我们了吗？而现在，土地被夺走了。

他想起了他的爸爸。每当这些愤怒、苦痛裹挟着他的时候，他都会想到爸爸。爸爸死在了一场斗争中——一场为重建被毁的圣地而作的斗争。那是1923年著名的内罗毕大屠杀，警察向和平请愿的民众开火，他的父亲就在惨死的民众之列。从那时起，恩交罗盖不得不开始谋生，去欧洲人的农场找活干。他遇到过很多种人——有的苛刻，有的友善，但都很强势，而且只给他们认为合适的报酬。之后他就受雇于希尔一家，他来到这儿纯属巧合。现在属于希尔太太的一大片土地其实曾经就是他自己家的，这是父亲在世时告诉他的。当时他的父亲和别人因饥荒暂时退到穆兰噶，回来以后却发现，天哪！土地被占了！

"你看到那棵无花果树了吗？记住，那片土地是你的。要有耐心，看着这伙欧洲人，等他们走了，你就可以重获这片土地。"

他那时还小。爸爸去世之后，恩交罗盖早就忘了这件事。但当他碰巧来到这儿并看到那棵树的时候，他想起来了，完全想起来了。他清楚地记得属于他们的土地的每一条边界线。

恩交罗盖从来没有喜欢过希尔太太。他讨厌希尔太太得意地认为自己为工人们做了很多事。他也伺候过诸如斯迈尔太太、哈迪太太之类的冷酷无情的人，但他毕竟知道那些人怎么看待他。可是希尔太太不是这样！她推崇的自由主义简直让他窒息！恩交罗盖痛恨外来者，他认为他最恨的就是外来者的虚伪和自满。他知道希尔太太也不例外。她和其他人一样，但是只有她喜欢家长作风。这一点使她深信自己优于他人，但实际上她比别人更糟糕。你完全猜不透她怎么看待你。

突然，恩交罗盖大喊："我讨厌他们！我恨他们！"随后，一种可怕的满足感向他袭来。就在今晚，无论如何，希尔太太都要死——她要为她那自鸣得意的自由主义付出代价，为她的家长作风付出代价，为她们种族殖民的所有罪孽付出代价！这样就又少了一个殖民者。

他走进自己的房间，发现没有烟从其他工人的房间里冒出来，很多屋子的灯都熄灭了。可能有些人睡着了，或者去原住民地区喝酒了。他点亮了灯，坐在床上。房间很小，如果坐在床上把胳膊伸展开的话，几乎可以够到房间的任何一个角落。然而，就是在这儿，他和两个妻子以及孩子们生活着，实际上已经生活了五年多。如此的拥挤不堪！可希尔太太却认为仅仅为他们盖点砖房就足够了。

"很好，是吧?"她特别喜欢这么问。而且每当有客人来访的时候，她都会把他们带到小山丘的边缘，指着那些房子给他们看。

想到希尔太太将要为她那自鸣得意的虔诚付出代价，恩交罗盖就冷冷地笑出了声。他有一把作案的斧头。他必须要为父亲的死报仇，要给这块被占领的土地重重一击！幸好他已经把妻儿们带回了原住民区，他们现在应该一切安好。况且无论如何，他都不想给家人带来麻烦，所以这次行动之后他必须离开这个地方。

那些自由的仆人随时都会过来，恩交罗盖会把他们领到希尔太太家。背叛！——对！这是多么必要啊。

这一次，夜鸟的悲鸣比以往任何一次都尖利，几乎穿透他的耳膜。这是一个不祥的征兆，这通常预示着死亡——希尔太太的死亡。他想到了她，记起了她。自己已经和希尔夫妇生活了十多年。他知道希尔太太深爱着她的丈夫，对于这一点他深信不疑。当她得知希尔先生的死讯时，简直悲痛欲绝。在那一刻，她的殖民者本性荡然无存。就在那一刻，恩交罗盖开始同情起来。他又想到了希尔家的孩子们！他了解他们。他看着他们跟别的孩子一样慢慢长大，就像自己的孩子一样。孩子们爱他们的父母，而且希尔太太也总是温柔慈爱地对待他们。他想起了远在英国的他们，无论那是哪儿，都没有父母的陪伴。

突然，他意识到自己不能那么做。他说不清怎么回事，但是希尔太太在他心中的形象突然变成了一个女人、一个妻子，就像恩杰瑞和瓦姆布依一样，最为重要的是，她还是一个母亲。他不能杀死一个女人，更不能杀死一位母亲。他痛恨自己的转变。他感到焦躁不安，竭力想把自己放到另一种条件下，做过去的自己，只把希尔太太当作殖民者来看待。把她视为殖民者，事情就简单了。因为他痛恨所有殖民者以及所有欧洲人。如果他能如此看待希尔太太（把她看作一个白人或殖民者）就好了，他就可以毫无顾虑地采取行动了。但他现在怎么也找不回之前的那个自己。此前，他从来没有考虑过希尔太太的这些身份。但他知道她不会改变，还是会像以前一样，自诩清高，自鸣得意。就在那时他意识到自己是一个人格分裂的人，或许会一直这样下去。现在看来，把十年的关系一棒子打碎是不可能的，尽管对他来说，那是痛苦又屈辱的十年。他祈求不公永远在世上消失，这样白人和黑人之间就不会有如此可怕的隔阂，他就再也不用经受这般痛苦的处境了。

现在该做什么呢？该背叛"男仆们"吗？他坐在那儿，犹豫不决，不知道该怎么做。如果他没有从人性角度考虑希尔太太就好了！他内心对殖民者的仇恨是非常明确的，但是杀死两个孩子的母亲对他来说太痛苦了，他做不到。

他走了出去。

周围一片漆黑，什么也看不清。天上的星星似乎都在焦虑地等待着恩交罗盖的决定。星星冰冷的凝视好像在给他施加压力，于是他迈开步伐，向希尔太太的家走去。他决定要救她。之后他可能会去森林里。在那里，他将永远地和自己的良心作斗争。这么安排还不错，至少这也算是对他背叛其他"男仆们"的一种救赎。

没时间耽搁了。现在已经很晚了。"男仆们"随时都有可能过来。于是他飞奔起来，目的只有一个——去救那个女人。在路上他听到了脚步声。他悄悄地躲进灌木丛里，一动不动。他非常确定，那些人就是"男仆们"。他屏住呼吸等脚步声渐渐消失。他再次对自己的背叛心生厌恶。可是，他又怎么会听不见内心深处的另一种声音呢? 待脚步声消失之后，他继续向前跑去。必须跑，不然"男仆们"发现他背叛了他们之后，他将必死无疑。但他已经顾不了那么多了，他唯一想做的就是尽快完成这个任务。

终于，他大汗淋漓、气喘吁吁地抢先赶到希尔太太的家，他用力敲门，大喊着："夫人! 夫人!"

希尔太太还没有睡，她坐了起来，脑子里闪过无数个念头。自从那天下午和别的女人聊天之后，她越来越感到不安。所以当恩交罗盖走后、家里只剩她一个人时，她就从保险柜里拿出了手枪。现在她就在摆弄那把手枪，有所准备总是好的。不幸的是，她的丈夫死了，他本应陪在她身边的。

当她想起那段拓荒的日子时，她叹了口气。当年她和丈夫伙同别人一起开垦了这个荒芜的村庄，辟出一大片空置的土地。正因如此，许多像恩交罗盖一样的人才得以惬意地生活着，丝毫不用担心部族间的战争，他们真该好好感谢来这儿的欧洲人。

但她讨厌那些政客，他们来到这里带坏了本来驯良勤劳的人。而且她厌恶贾斯通家的凶杀案。是的! 她不喜欢那样! 当她意识到自己是一个人生活时，她觉得还是搬到内罗毕或者基南戈普和朋友们住一段时间更好。但她的"男仆们"该怎么办呢？把他们留在这儿？她思索着。想起了恩交罗盖，他真是一个古怪的家伙。他有很多妻子吗？他有一个大家庭吗？她惊讶地发现自己和他生活了这么久却从未想过这些问题。这个反应使她一惊。这还是她第一次把他当作一个有家庭的男人来考虑。一直以来她都把他当作仆人来看待。即使是现在，她还是认为把她的仆人当作一个有家庭的父亲来看是荒谬可笑的。她叹了口气，心想这算是个疏忽，以后可得纠正过来。

随后她就听到了前门传来的敲门声，有人喊着："夫人！夫人！"

那是恩交罗盖的声音，她的男仆。希尔太太的脸上冒出了一串串汗珠，她甚至听不清恩交罗盖在外面喊的是什么，因为她感到贾斯通一家被杀的情景正在向她逼近。她完蛋了，她的生命走到了尽头。看来是恩交罗盖带他们来这里的！她瑟瑟发抖，感到十分无助。

但突然间，她又找回了勇气。她清楚自己只身一人，她知道他们会破门而入。不！她死也要死得壮烈。她手里牢牢地握着枪，打开门的同时，迅速扣下了扳机。紧接着她感到一阵晕眩，这是她第一次杀人。她无助地跌倒在地上，叫喊着："来杀了我吧！"她不知道，事实上她亲手杀死了自己的救命恩人。

第二天，这件事迎来铺天盖地的报道。一个势单力薄的女人和一伙暴徒顽强对抗。想想，希尔太太也杀了一个人呢！

斯迈尔太太和哈迪太太一个劲地向她祝贺。

"我们早就跟你说过，他们都是坏蛋。"

"他们都太坏了。"哈迪太太也同意。希尔太太却沉默着，恩交罗盖的死使她心生焦虑。她越回想就越疑惑。她一动不动地凝视着上空，随后缓缓叹了口气，令人难以捉摸。

"我不清楚。"她说。

"不清楚?"哈迪太太问道。

"嗯，没错，捉摸不透，"斯迈尔太太洋洋得意，"他们所有人都应该被鞭打!"

"所有人都该被鞭打!"哈代太太重复道。

回　家

　　路很长。他每向前迈一步就扬起一团灰尘，在他身后愤怒地回旋，然后缓缓落下。但是一道细细的灰尘留在了空气中，像烟一样飘浮着。他继续前行，完全没留意他脚下的尘埃和路面。可每走一步，他就越来越感觉到路面的坚硬以及对他显示出的敌意。这并不是说他一直盯着脚下，相反，他直直地向前看去，就好像他随时可能看见一个人像朋友一样跟他打招呼，告诉他离家不远了。可是这条路依然看不到尽头。

　　他一蹦一跳地快速向前走，左手随意地搭在外套上，这件外套原本是白色的，现在破破烂烂，磨损得很厉害。他微微弯曲的背上绑着一个小包，右手抓着那根绑着小包的绳子。小包用一块棉布裹着，棉布上本来印有红色的花朵，现在早已褪色。小包随着他的步调左摇右摆。这个包承载着这些年来他在拘留营里体味的所有酸楚和艰难。回家途中，他时不时抬头看看太阳，有时他也随便扫一眼树篱围起来的农田，里面种着看上去病快快的庄稼——玉米、青豆和豌豆，它们和别的东西一样，似乎都不太友好。整个乡下显得沉闷而无趣。这对卡茂来说，没什么新鲜的。他还记得在茅茅起义前，吉库尤这边的田地由于过度耕种而一片荒芜，这与殖民地那边一眼望去绿油油的农田形成了鲜明对比。

这条路在左侧分出条岔路,他犹豫片刻后做出了决定,继续前行。当他走在这条通往山谷进而通向村庄的小路时,他第一次感觉眼前一亮,因为离家越来越近了。意识到这一点后,疲倦的旅行者的脸上那缥缈恍惚的神情暂时退去了。溪谷里的灌木丛和树木十分繁茂,这和周围的村庄形成了鲜明的对比。这只能说明一点:红亚河还在流淌。他加快了脚步,就好像只有亲眼见到那条河他才能相信这是真的。没错,它就在那儿,仍旧淌流不息。从前他经常在红亚河里洗澡,光着身子一头跃进清凉的河水中,看它顺着岩石蜿蜒流淌,听它轻柔的汩汩声,心里感到安逸又宁静。突然一丝兴奋袭上身来,有那么一瞬间他好怀念那些日子。他叹了口气,可能这条河已经认不出,眼前这个有着硬朗面孔的人就是当年的那个小男孩吧,对那时的他来说,河边的世界就是一切。而当他靠近红亚河时,他觉得这条河比自己被释放以来遇到的其他任何事物都亲近。

前方有一群女人在打水。他很激动,因为他还能认出一两个人来,有中年的万吉库,她的聋儿子在他被捕之前就被安全部队杀死了。她是一个很和善的人,对每个人都面带微笑,乐意与他人分享食物。她们会接受他吗?会给予他英雄归来般的礼遇吗?难道之前的他在这里还不够受欢迎吗?难道他没有为这片土地斗争过吗?他思索着。他想跑过去大喊:"我在这儿!我回来了!"但他没有这么做,毕竟他是个男人。

"你们过得还好吗?"却只有几个回应的声音。其他女人抬起疲倦憔悴的面孔,沉默地看着他,对他的问候毫无回应。怎么回事!自己在拘留营里过了这么久吗?他的情绪有点低落,小声问道："你们不认识我了吗？"她们再次抬起头来看他，眼神透着冷漠，像其他东西一样，她们好像故意地拒绝承认自己认识他。最后还是万姬库认出了他，她说话的语气平静，没有丝毫的暖意与热情："哦，是你啊，是卡茂吧？我们还以为你……"她没继续说下去。直到现在他才注意到一些别的东西，是惊讶、害怕吗？他说不出来。但他看到了她们飞快地瞥过来一眼，他开始确信自己已经被她们排除在圈子之外了。

"可能我不再属于这个集体了！"他痛苦地想着。但她们把新村子的情况告诉他，以前那个在山上有着零星分布的小屋子的村庄已经不复存在了。

他离开了她们，感觉痛苦而且受到了欺骗，那个古老的村庄甚至都没有等他回来。突然间，一股强烈的思念涌上心头，他思念从前的家乡、朋友们和周围的一切，他想起了自己的父亲、母亲，还有……他不敢想到她。尽管如此，穆索妮的音容笑貌还是浮现在他的脑海里，就像过去的日子里一样。他心跳加速了，他渴望她，一股暖流让他全身颤栗。他加快了脚步。他忘记了河边的女人们，因为他现在满脑子都是他的妻子。那时候他只和她一起生活了两个星期，之后就被殖民军队抓走了。像很多人一样，他被草草地搜查了一遍，然后未经审讯就被关押了起来。那些日子他无心于其他事情，心里只有村子和自己美丽的女人。

别人也都一样，他们谈论的无非都是自己的家。有一天他在另一个从穆兰噶来的被关押的人旁边干活，突然，那个人，也就是恩交罗盖，从碎石工作中停了下来，重重地叹了口气，疲惫的双眼透出恍惚的神色。

卡茂问道："怎么了，伙计？有什么事吗？"

"是我的妻子，我走的时候她怀着孕，我完全不知道她现在怎么样了。"

另一个被关押的人插话说："而我呢，我扔下了带着孩子的妻子，她当时刚刚生产，我们都很高兴，可就在同一天，我就被抓走了。"

他们继续谈论着，所有人都期盼着那一天——他们可以回家的那一天，之后，生活将重新开始。

至于卡茂自己，他离开的时候，妻子还没有孩子，当时他甚至都没有给完聘礼。不过现在他可以去内罗毕找工作，并把剩下的财物给穆索妮的父母付清。生活将会彻底掀开新的一页，他们会有一个儿子，而且可以在属于自己的家里把他养育成人。带着这些期望，他加快了脚步。他想跑，不，是飞起来，以求赶快到家。他现在离小山的顶越来越近了，他希望能突然遇到兄弟姐妹们。他们会问自己问题吗？不过无论如何，他也不会把所有都告诉他们，他不会说有关毒打、搜查和在路上干活的事，以及在采石场一个附近的守卫只要一看到他休息就要打他。没错，他忍受了那么多的屈辱，而且没有反抗过。有反抗的必要吗？但他的灵魂和男性的力量一直在反抗，鲜血伴随着愤怒和痛苦。

总有一天这些白人会走的！

总有一天他的同胞们会自由！然后——然后，他不知道接下来要做什么。不过他确信不会再有人羞辱他的男性尊严了。

他爬上山，又停了下来，山下是一大片平原。新的村庄就在前面，在转眼就隐去的落日下，一排排紧实的泥屋俯卧在平原上。缕缕青烟从一座座小屋里升起，在村庄的上方盘旋成一片暗色的烟雾。如血的残阳射出手指粗的光线，和灰暗的烟雾交织缠绕，一同笼罩着远处的山丘。

在村子里，他一条街一条街地转着，不停地打听，终于找到了自己的家，他站在门口，喘了一大口气，这一刻，他终于到家了。他看到父亲蜷缩在三条腿的椅子上，老态龙钟。卡茂不禁对自己的老父亲产生了同情。但父亲又是幸运的，毕竟等到了儿子的归来。

"爸爸！"

那个老人并没有回应，他只是目光呆滞地看着他。卡茂不耐烦了，觉得有点恼火。难道他没看到自己吗？他也会像自己在河边遇到的女人们一样吗？

大街上，光着身子或半光着身子的小孩们在玩耍，朝对方扬土。太阳已经落山了，看起来今晚似乎会有月光。

"爸爸，你不认识我了吗？"他心里的希望在一点点下沉，他感到疲倦。然后他看到父亲突然站起身来，像树叶一样颤抖着。他看到父亲一脸惊异地盯着他，眼神里满是恐惧。母亲和他的兄弟们都过来了，围在他旁边，年迈的母亲紧抓着他，失声痛哭。

"我就知道我的儿子会回来的，我就知道他没有死。"

"什么？谁告诉你我死了？"

"是恩交古的儿子，卡朗加告诉我的。"

卡茂顿时明白了，他理解了颤抖的父亲，理解了河边的女人们。但有一件事他想不明白：他从没有和卡朗加在一个拘留营里待过，他为什么就跟家里人说他死了呢？不管怎样，他已经回家了，现在他只想赶快见到穆索妮。怎么她没出来呢？他想大喊一声：“穆索妮，我回来了！我在这儿！”他环视了一下四周。母亲懂了他的意思，飞快地扫了丈夫一眼，说了句：

“穆索妮走了。”

卡茂感觉阵阵凉意袭进了他的腹部。他看着村里的小屋和这片沉寂的土地。他有太多的问题想问，但又不敢问。他仍然不能相信穆索妮已经离开了。但是从河边女人们的眼神以及他父母的表情中，他知道她真的走了。

“对我们来说，她是一个好女儿，”他的母亲解释道，“她等了你很久，耐心地承受着所有的不幸。后来卡朗加来了，他说你已经死了。你爸爸相信了他的话，穆索妮也信了，而且痛哭了一个月。卡朗加经常来看我们。他和你同龄，你知道的。后来穆索妮怀孕了。我们本可以留下她的，可是地呢？食物呢？自从土地兼并以后，我们最后的依靠都被夺走了。我们让卡朗加带她走了。其他的女人更惨——到城里去了。只有年迈体弱的人被留在了这里。”

他并没有在听，腹部的凉意慢慢转化为痛苦。他对所有人都感到忿恨，包括他的父母。他们背叛了他，联合起来对付他，而且卡朗加一直都是他的对手。不得不承认五年的时间的确不短，但她为什么要走？他们为什么同意她走？他想把这些话都说出来。没错，把所有的都说出来，斥责一切——河边的女人、整个村子以及居住在这里的人。但他不能这么做。这件痛苦的事几乎让他窒息。

“你们，你们是不是背叛我了？”他低声问道。

"听着，孩子，孩子——"

天上金黄的月亮俯视着地平线。他匆匆离开，痛苦且茫然，直到走到红亚河边上才停下来。

站在河岸边的时候，他看到的不是河，而是满心的希望重重跌撞在冰冷的地面上。河水飞快地向前流去，传来汩汩的声响。森林里，蟋蟀和其他昆虫不停地叫着。天上月亮高悬，月光洒落。他试图脱掉外套，可背上紧系的小包却掉了下来，并沿着河岸滚了下去，还没等卡茂反应过来，它就已经被河水冲走了。他先是愣了一下，然后想去把它找回来。该怎么给妻子交待呢？哦不，难道自己这么快就忘了吗？妻子已经走了啊。这件小事让他想起了自己的妻子，想起了自己这些年来守护的东西已经全都失去了！不知怎的，他有种如释重负的感觉。他打消了自己溺水自杀的念头。他穿上外套，喃喃自语道："她为什么一定要等我回来？为什么所有的改变都应该等着我回来？"

暗中相会

他站在小屋的门口看着他那年迈、虚弱却又神采奕奕的父亲沿着小村的街道走来，在父亲的身旁摆动着一个由色彩强烈的印花布做成的很脏的小包。父亲总是带着这个布包。约翰知道这个包里装着什么：一部《圣经》、一部赞美诗，还有可能是一本笔记本和一支钢笔。他的父亲是一个传教士。他知道在父亲入教之后，母亲就不再被允许讲故事给他听了。母亲已经许久没再讲过故事，她会说："好了，不要再要求更多的故事了，你爸爸会来的。"所以他害怕父亲。约翰走进屋子并且告诉母亲，父亲马上就要回来了。然后父亲进了屋。约翰站在一旁，接着走向了门口。他充满疑虑地逗留了一会儿便走了出去。

"约翰，嘿，约翰。"

"爸爸！"

"回来。"

他充满疑虑地站在父亲面前。他的心跳加速，一个焦虑的声音在他的脑中回响道："他知道了吗?"

"坐下来。你要去哪儿?"

"出去走一走，爸爸。"他推脱道。

"去村里?"

"嗯——是——也不是。我的意思是没有特定的目标。"约翰看到父亲紧紧地盯着他,似乎在打量他的内心。约翰缓缓叹了口气。他不喜欢父亲这样看着他。他总是以看罪人的方式看约翰,而罪人总是要人紧紧盯着。"我是罪人。"他的内心告诉他。约翰内疚地躲闪着来自父亲的目光,并哀求般地把目光投向默默削着土豆的母亲。但是她似乎对周围的一切毫无察觉。

"你为什么往别处看?你到底做了什么?"

约翰的内心由于恐惧缩成一团,但是他的脸上毫无表情。他可以听到自己咚咚的心跳声,就像泵着水的发动机。他感觉父亲无疑知道了一切。他想:"他为什么要折磨我?为什么他没有立刻说他知道一切。"然后他内心的另一个声音告诉他:"不,他不知道,否则他早就扑向你了。"权当自我安慰。他鼓起勇气面对沉思的父亲。

"什么时候出发?"

约翰再次想:"他为什么要问?我已经告诉他很多次了。"

"下个星期二。"他说。

"好吧。明天我们一起去商店,听到了吗?"

"好的,爸爸。"

"然后好好准备一下。"

"好的,爸爸。"

"你可以走了。"

"谢谢你,爸爸。"他开始挪动起来。

"约翰!"

"怎么啦?"约翰的心脏几乎停止跳动。

"你似乎很着急的样子。我不想听到你在村子里闲逛。我知道你们这些年轻人，因为要离开所以就去炫耀？我不想听到你在村子里闹出乱子。"

他大大地松了一口气，走了出去。他猜得出父亲不想他在村中闹出乱子是什么意思。

"你为什么要这么为难孩子？"苏珊娜第一次开口说话。很明显，她小心翼翼地听了整场对话却没发表任何意见。现在轮到她说话了。她看着作为她终身伴侣的倔强的传教士。她很早就嫁给了他，甚至说不出具体的年份。他们在一起原本很幸福。然后他信了教，于是家中所有的事都与宗教牵连。他甚至阻止苏珊娜给孩子讲故事。"给他讲耶稣的故事。耶稣为你而亡。耶稣为孩子而亡。他必须知晓上帝。"她也信了教。但是她无法忽视传教士对孩子（这是她通常提及约翰时所用的词汇）施加的折磨，而这些折磨使孩子在成长过程中非常怕他的父亲。她总想知道这对于孩子来说是不是爱。抑或这是出于怨恨，因为这是他们俩在婚前就犯下的"罪"？而约翰就是那场罪孽的结果。但那不是约翰的错误，约翰才应该是需要抱怨的人。她总问自己是否孩子已经知道了……但是不可能。当他们离开福特霍尔的时候孩子还小。她望向她的丈夫。他保持着沉默，虽然他的左手近乎暴躁地摸着他的脸颊。

"他就好像不是你的儿子似的。或者你认为……"

"哦，姐妹。"他的声音充满着祈求。她想挑起一场争执，但是他并无此意。实际上，女人也许永远不会懂。女人就是女人，无论是否被救赎。他们的孩子需要被保护，以便远离一切邪门歪道。他必须沿着圣途长大。父亲看着苏珊娜，微微皱起了眉头。她使他犯了错误，但那已经是很久之前的事情了。而且他已被救赎。约翰不能再走同样的老路。

"你应该叫我们离开的。你知道我可以走的。回到福特霍尔。然后我们每个人……"

"听着，姐妹，"他立刻打断了她。他总是叫她姐妹。主的姐妹，万能上帝的姐妹。然而有些时候他疑惑她是否被真正救赎。他在心中他默默祈祷道："神啊，与你的姐妹苏珊娜同在吧。"他继续大声道："你知道我想让他在主的引导下成长。"

"但你总是折磨他！你叫他害怕！"

"为什么！他不应该害怕我。我从没有反对过他。"

"是你。你。你总是对他那么刻薄……"她站起来说。土豆皮从她的罩袍上掉落下来，在地板上堆成一堆。"史丹利！"

"姐妹。"他惊讶于她激烈的语气。他从未见她这样。主啊，请把她身上的魔性带走吧。请救救她吧。她言不由衷啊。史丹利把目光移开。这令他惊讶，而且似乎他惧怕他的妻子。如果你把这一情况告诉村里的人，他们是绝不会相信的。他拿起他的《圣经》开始诵读。在礼拜日的时候他通常会向一众兄弟姐妹传道解惑。

苏珊娜，一位相当高瘦且曾经明艳动人的女人，再次坐了下来并继续削起了土豆。她不知道他的儿子遇到了什么困难。是即将到来的旅程吗？她依旧为他的孩子感到担忧。

在另一头，约翰沿着从他们家出发的小路漫无目的地闲逛着。他站在离他父亲的房子稍远的金合欢树旁审视着整个村子。

一排排的泥草小屋呈现在他眼前，穷尽于直指天际的轮廓分明的杆子。炊烟从各个小屋升起，这意味着女人们已经从田里归来了。夜幕即将降临。在西边，太阳——漫游了一天的旅行者——急匆匆地下落至雾霭弥漫的山后。再一次，约翰望着马凯诺村一排排拥挤的房子，这个村子是在这个国家的茅茅起义中迅速成长起来的众多村落之一。它看起来丑陋不堪。他的胸中升起一阵疼痛并且隐隐欲哭——我恨你，我恨你！是你让我活活落入陷阱。若不是你，这永远不会发生。他并没有号叫，只是静静地望着远方。

一个女人走向他站立的地方。通往村子的路恰巧离那儿不远。她背着一大捆使她背弯成阿康巴① 弓形的柴火。她向约翰问候道："你还好吗，约翰？"

"我还好，妈妈。"在他的声音中听不到一丝痛苦。约翰天生懂礼貌，每个人都知道这一点。他不像部落里其他骄傲的受过教育的男孩——他们从河的另一边回来，带着说着英语的白人或者黑人妻子。他们的举止与欧洲人无异！约翰受人喜爱，他是谦逊的模范与道德的化身。虽然他是神职人员的儿子，但是村里的每个人都知道约翰将永远不会背叛部落。他们依旧时常谈及部落和部落的传统。

"你什么时候去那个叫——叫——"

"马凯雷雷？"

"马凯雷雷。"她笑道。她发音的方式十分有趣，她笑的方式

---

① 东非的一个部落，以生产铁器及长矛而闻名。

也是如此。她对此颇为享受，但约翰却觉得受到了伤害。他们俩都深谙这一点。

"下个星期。"

"祝你一切顺利。"

"谢谢，妈妈。"

她默念着"马凯雷雷"，仿佛在试图更好地发出这个音。她再次暗自发笑，但她累了，身上的柴火太重了。

"保重，孩子。"

"您也保重，妈妈。"

这个一直站着的女人继续前行，像头驴一样喘着气，但显然她对约翰的懂事非常满意。

约翰一直凝望着她。是什么让这个女人日复一日地辛勤工作却又保持快乐？她的生活中存在信仰吗？或者她的信仰存在于部落？她与像她这样的人从未被白人的生活方式所染指，却似乎固守着某些信念。当他望着女人渐渐远去的背影，他的胸中因为别人欣赏和敬重他而涌起一股莫大的骄傲。然而随之而来的却是一阵悲痛。他的父亲会知道的。他们都会知道的。他不知道他最害怕哪一个：是当他父亲发现真相后所采取的行动，还是当淳朴的村民发现真相后失去他们对他仅存的信任。他惧怕失去所有的一切。

他走到一间当地的小茶馆，许多人祝愿他在大学里一切顺利。大家都知道传教士的孩子已经在肯尼亚完成了白人学校的所有课程。他即将启程去乌干达。他们是从《部落长者》——一份斯瓦希里语周刊上得知这一消息的。约翰在茶馆中并没有停留多久。太阳已经完全消失了踪影，夜幕全然降临。晚餐准备好了。他那倔强的父亲还在桌边诵念着《圣经》，当约翰进来的时候，他并没有抬起头来。一阵奇怪的寂静弥漫在小屋之中。

"你看起来很不开心啊。"他的母亲第一个打破了沉默。

约翰笑了笑，带着些许紧张。"我没有，妈妈。"他立刻回答道，紧张地看着他的父亲。他默默地希望瓦姆胡没有瞎透漏什么消息。

"好吧，那我就放心了。"

她并不知道什么。约翰吃过晚饭后就回到了自己的小屋。这是一间男人的屋子。每个年轻男子都有一间属于自己的屋子。他的父母不允许约翰带女孩子进屋。史丹利不想找"麻烦"。即使约翰与女生站在一起也是一种罪过。他的父亲会狠揍他一顿。他惧怕他的父亲，即使有时候他也奇怪他为什么会惧怕。他本应该像其他受过教育的男孩那样反抗他的父亲。他点亮了烛台并握在手中。黄色的烛光摇摇曳曳，然后便熄灭了。他知道他的手在颤抖。他再次点燃了它，然后迅速拿起了放在杂乱床铺上的一件外套和一顶大帽子。他走的时候没有掐灭蜡烛，为的是让他的父亲能看到烛光并以为他还在屋内。约翰狠狠地咬了一下他的下嘴唇，他恨自己像个女孩子一样，这对于他这个年龄的男孩来说是很反常的。

像一团阴影，他偷偷地穿过院子并走上了通往村子的路。

他看到年轻的男男女女站在大街上。他们笑啊，闹啊，开心地窃窃私语着。很显然他们乐在其中。约翰想，他们比我更加自由。他羡慕他们的生气勃勃。很明显他们不会被那些受过教育的人所要遵从的道德上的条条框框所禁锢。他能与他们互换人生吗？他思索着。最终他来到了一间小屋前。这间小屋坐落于村子的中心。他对这里再熟悉不过了——即使这令他悲伤。他想知道他到底应该怎么做！在外边等她吗？如果她妈妈出来该怎么办？他决定进去。

"有人吗？"

"请进。我们在里边。"

约翰在进门前脱掉了他的帽子。确实他们都在里边——唯独他想要的那个她不在。壁炉里的火焰行将熄灭。只有烛台上燃着的小火苗勉强照亮了整个小屋。火苗和映射在墙上的巨大的阴影似乎在嘲笑着他。他默默地祈祷瓦姆胡的父母认不出他。他尝试着蜷缩起身体，并在问候他们的时候掩饰自己的声音。他们认出了他并开始忙活起来。被这样一个受过教育、知晓白人的世界和知识并要去另一片遥远的土地上的人造访，对于他们来讲，不是能够敷衍了事的。谁知道他会不会对他们的女儿感兴趣呢？更奇怪的事情还发生过呢。毕竟学识不能代表一切。虽然瓦姆胡没怎么上过学，但是她魅力非凡，而且毫无疑问能够用她的外表和笑容迷住所有年轻男人的心。

"坐下吧。拿个凳子。"

"不用了！"他痛苦地意识到他没有叫那个女人"妈妈"。

"瓦姆胡去哪儿了？"

她的母亲向她的父亲投去了胜利的一瞥。他们相互交换了一个心照不宣的表情。约翰再次咬了咬嘴唇，恨不得赶紧逃走。他艰难地控制着自己。

"她出去采茶了。请坐下吧。等她回来会给你沏茶喝的。"

"我恐怕……"他小声地咕哝着并走了出去。他差点撞上瓦姆胡。

小屋里传来这样的对话：

"我就告诉你吧？要相信女人的眼光！"

"你不懂这些年轻人。"

"但是你看约翰跟他们不一样。每个人都称赞他，况且他是传教士的儿子。"

"是！是传教士的儿子！你忘了你女儿受过割礼吗？"老头开始回想他年轻时候的事情。他用部落的方式娶了一个道德高尚的女人。她从未接触过任何男人。他娶了她。他们生活得很幸福。在他这个年纪的男人也是这么做的。在他那个年代，所有的女孩都是处女，即使男孩和女孩睡在一张床上，以任何方式触碰女孩子都是禁忌的，这也是那个年代大多数男孩女孩的做法。然后白人来了，他们宣扬一种奇怪的宗教，奇怪的生活方式，并要求所有人遵从。部落的行事方法被打破了。新的信仰不能使部落的人和谐共处了。为什么呢？那些遵从了新信仰的人不会让女孩接受割礼。他们也不会让自己的儿子娶受过割礼的女孩。呸！看看都发生了些什么。他们的孩子去了白人的土地上。他们带回了什么？白人女子。还有会说英语的黑人女子。啊——这不好。留下的年轻人也觉得无所谓。他们娶未婚女孩，然后抛弃她们，留下孩子。

"那又怎样呢？"他的妻子回答道，"瓦姆胡难道不是姑娘中最好的一个吗？无论如何，约翰是不一样的。"

"不一样！不一样！呸！他们都是一样的。那些依白人方式行事的人是最糟糕的。他们没有一点内涵。一点——一点也没有。"他拿起一根柴禾神经质地捅了捅将灭的火焰。一股奇怪的麻木感突然袭来。他战栗着。他惧怕了，为部落而惧怕。现在他看到不仅仅是受过教育的人开始以奇怪的方式行事，整个部落都是如此。老头的内心颤抖并哭泣着，为了一个即将瓦解的部落而哀号。这个部落无处可逃，再也回不到从前了。他停止了戳动，眼神凝重地盯着地面。

"我想知道他为什么来。我想知道。"然后他看着他的妻子说："你看到过你女儿有奇怪的行为吗？"

他的妻子没有回答。她沉浸于美好的幻想中无法自拔。

约翰和瓦姆胡默默地走着。他们对这里错综复杂的街道和转弯都十分熟悉。瓦姆胡踏着轻盈的步子，约翰知道她的心情十分愉悦。他的步子十分沉重并试图避开人群，尽管天色已晚。但是为什么他会感到难为情？女孩青春靓丽，也许是利穆鲁最漂亮的女孩。但是他却害怕被人看到与女孩在一起。这是不对的。他知道他本可以爱她的，即使在此时他还是想知道他对她是否并未付出真心。也许这很难说，但是如果他是那些年轻人中的一个，他是不会如此犹豫的。

在村子外面，他停了下来。她也停了下来。他们在整个过程中没有说一句话。也许沉默比语言本身更有力量。两人都深深地感受着彼此的存在。

"他们知道了吗？"沉默。瓦姆胡也许在思考着这个问题。"不要让我再等下去了。请回答我。"他恳求道。他感到极其疲倦，像一个突然接近旅程终点的老人。

"不。你让我再给你一个星期的时间。到今天一个星期已经过去了。"

"是的。所以我今天来了!"约翰嘶哑地低声说道。

瓦姆胡没说什么。约翰看着她。黑暗分隔着两人。他并没有真正看着她,浮现在他眼前的是他父亲的形象——傲慢地笃信着宗教同时又无比独断。他再次想:"我,约翰,一个传教士的儿子,受众人尊敬并即将奔赴大学,我将会堕落,落至地上。他不想看到我的堕落。"

"这都是你的错。"他发现自己在指责她。他心中知道自己在说谎。

"你为什么一直对我说这些? 你不想娶我了吗?"

约翰叹了一口气。他不知如何是好。他记起妈妈曾经给他讲过的故事。很久很久以前有一个年轻的女孩……她无家可归,因为伊利姆①挡在路中间而去不了锦绣的土地看那片土地上美好的事物。

"你什么时候告诉他们?"

"今晚。"

他感到失望。下个星期他即将启程去读大学。如果他能说服她等他,他也许就可以逃避一阵,等到风暴和惊慌缓和后再回来。但那时候政府也许会收回他的奖学金。他害怕极了,周遭弥漫着一种悲伤的气氛,他转向她并说道:"听着,瓦姆胡,你已

---

① 东非神话故事中的一种怪物。

经怀……我的意思是你这样多久了？"

"我都跟你说过多少次了，我已经怀孕三个月了，并且我妈已经开始怀疑了。昨天她还跟我说我呼吸的时候像一个孕妇。"

"你觉得你还能再多等三个星期吗？"

她笑了笑。啊！小女巫！她知道他的把戏。她的笑声总是能勾起他的万千思绪。

"好吧，"他说，"再给我一天。让我好好想一想。明天我会让你知道的。"

"我同意。明天。除非你要娶我，否则我再也等不了了。"

为什么不娶她呢？她这么漂亮！为什么不娶？我是否还爱着她？

她离开了。约翰觉得她似乎在故意敲诈他。他膝盖一软，失去了力量。他走不动了，在地上瘫成了一摊。他汗如雨下，仿佛一直在烈日下长跑。但这是冷汗。他瘫在草地上，并不想思考。噢，不！他不能面对他的父亲，抑或是他的母亲，还有信任他的卡斯通神父。约翰意识到，即使自己受过教育，也不比任何人心安。他比瓦姆胡好不到哪儿去。那为什么不娶瓦姆胡呢？他不知道答案。约翰自小在加尔文教派父亲的庇护下成长，并师从于加尔文教派的校长——一位传教士！约翰试图去祈祷。但是他要向谁祈祷？向卡斯通神父的上帝祈祷吗？这听上去是错误的。这样好像他在亵渎神明。他应该向部落的神明祈祷吗？他被一阵罪恶感压得透不过气来。

他醒来了。他在哪里？随后他明白了。瓦姆胡已经离开了他。她已经多给了他一天。他站了起来，感觉不错。他开始颤颤巍巍地走回家。黑暗遮住了整个大地以及身在其上的他，而这对他来说是幸运的。从不同的小屋里，他能听到笑声、热烈的闲聊声和争吵声。点点火苗从敞开的门中隐隐闪烁着。火苗好像村子里的星星，他想。他抬起双眼。天上的星星冰凉而遥远，冷漠地俯视着他。一群群的男孩和女孩到处笑着，闹着。对于他们来说生活依旧如常。约翰自我安慰道，他们也终将面对残酷人生对他们的审判。

约翰颤抖着。为什么！为什么他不能反抗所有的期待和对未来的期许，并最终迎娶那个女孩？不。不。这不可能。她接受了割礼，而且他知道他的父亲和教堂不会同意这桩婚姻。她没什么学识——或者更确切地说，小学四年级后她就没再继续读下去了。跟她结婚也许会毁了他继续上大学的机会。

他试图轻快地走起来。他的力气又恢复了。他的思绪飘上了云霄。他试图在这个非难的世界面前解释他的行为——他已经做过很多次了，很早以前他就这么做了。他想知道他还能做什么。女孩吸引了他，她美丽优雅，笑容迷人。村子里的女孩无论是容貌还是教育背景都没有能与她相比的。村子里女人们的教育水平都很低。这也许是许多非洲人走出村子并以已婚身份归来的原因。他自己也希望能跟上大部队，尤其是最后一大波坐飞机奔赴美国的学生潮。要是瓦姆胡文化水平高一点……并且没有受过割礼……他也许早就提出来娶她了。

他母亲小屋的灯还亮着。约翰疑惑是否应当进去做夜间祷告。但是他不想进去，他也许没有勇气面对他的父母。他小屋里的烛光已经熄灭了。他希望父亲没有注意到这一点。

约翰早早醒来。他很害怕。他通常不是很迷信，但他依然不喜欢昨晚做的梦。他梦到了割礼，通过部落的仪式他成为了部落的正式成员。某个他看不清面貌的人走来并指引他，因为这个人十分同情他。他们走啊走，走到一片陌生的土地上。莫名其妙地，他发现只剩他一个人了。那个人消失了。一个鬼魂飘来。他认出这是他家乡的鬼魂。这个鬼魂把他向后拉。然后又来了一个鬼魂。这是他要奔赴之地的鬼魂。它把他向前拉。两只鬼魂相互争夺着约翰。然后从四面八方涌来无数的鬼魂拉扯着他，他的身体逐渐被撕扯成碎片。这些鬼魂都是虚无的。他什么也抓不住。他们还在撕扯着他，他渐渐失去了实体……现在他站在了离他身体很远的地方。这并不是他。但是他在看着一个女孩，一个故事中的女孩。她无处可去。他觉得应该去帮助她，他要帮她指路。但当他走向她时，他迷路了……他又成为只身一人……一种破坏性的力量冲向了他，来了，来了……他醒了。他满头大汗。

关于割礼的梦是不吉利的。它们预示着死亡。他笑了笑以驱散这个梦。他打开窗子，发现整个村子被雾霭笼罩着。在利穆鲁，这是七月里最完美的天气。山包、山脊、山谷和平原都于雾霭中若隐若现。整个地方看起来十分奇特。但这里却有着近乎魔力般的吸引力。利穆鲁是一片四季分明的土地，不同时节能引起人不同的思绪。约翰一度被这里吸引并渴望去触碰这片土地，拥抱它，哪怕只是躺在它的草地上。另一些时候，他又对这里的尘土、艳阳和坑坑洼洼的小路感到厌恶。如果不是他现在的困境让他无暇顾及这些尘土、雾霭、阳光和雨露，他也许会感到满足——满足于在这里生活。至少他认为他不会死于并埋葬在利穆鲁以外的地方。但是人性中邪恶的一面，背叛别人的一面就体现在一个个新建的丑陋的村子里。昨天晚上的事情像洪流般冲击着他的大脑，使他再次感到虚弱。他掀开毯子走了出去。今天他要去商店。他变得十分不安。一种奇怪的感觉向他袭来——事实上他已经感受到了，那就是他和父亲的关系也许是反常的。他立即打消了这一念头。今晚会成为他最后的审判日。他一想到这里就害怕。这件事情发生在他将要去马凯雷雷的时间节点，简直是莫大的不幸，这将促使他离父亲更近。

他们一起走进商店。整整一天，当他们从一间商店辗转到另一间商店，在瘦削却又精明的印度商人那里置办物品，约翰一直保持沉默。一天下来，约翰一直在思考他到底为什么这么害怕父亲。他在成长过程中一直害怕父亲，每次父亲说话或发布命令时他都会颤抖。约翰并不是孤身一人。

史丹利让所有人都害怕。

他布道时总是精力充沛，藐视地狱里发生的一切。即使在非常时期，他仍然坚持布道、责备、批判和咒骂。那些没入教的人都被看作是要下地狱的人。史丹利以其严格的道德标准而出名——有些时候过于严格，甚至在本质上有些伪善。没有人注意到这一点；由他掌管的信众们肯定没有注意到。如果年长的人破坏了任意一条教规，他很有可能被驱逐，或革出教会。青年男女如果被看到站在一起，而"站的方式被认为有损教堂和上帝的道德"，也很容易被革出教会。所以许多男孩试图去侍奉二主，白天去教堂，晚上去见心爱的女孩。而另一条方案就是完全不去教堂。

史丹利对待整个村子像对待自己的孩子一样。你对于自己的东西必须严厉。因为这一点，他想让他的一家人成为村里的楷模。这也是他想让他的孩子正直成长的原因。但是许多人类行为背后的动机都是很复杂的。史丹利永远不会忘记他婚前也曾经堕落过。史丹利也是由于新影响而造成部落瓦解的产物。

购物没有花费太长时间。父亲严密地观察着他们之间的沉默，发现约翰闭口不提昨晚发生的事情。他们回到家中，他认为一切顺利，直到父亲呼唤他。

"约翰。"

"什么事，父亲？"

"你昨天晚上为什么没有来祈祷？"

"我忘了……"

"你昨晚在哪里？"

你为什么要问我？你有什么权利知道我昨天晚上在哪里？有一天我一定会反抗你的。但是，马上约翰就意识到他根本无法反抗——除非某些事情爆发，从而迫使他去这么做。只有那些拥有他所不具备的特质的人才能反抗。

"我——我——我的意思是，我昨晚……"

"你不应该在祈祷前睡这么早。今天晚上记得要来。"

"我会的。"

男孩的声音中的某些东西使他的父亲想一探究竟。约翰如释重负地离开了。一切仍旧顺利。

夜幕降临。约翰穿着与昨晚一样的衣服犹犹豫豫地走向了决定他命运的地方。审判之夜已然来临。他并没有考虑过多。在这个夜晚之后，一切即将真相大白。即便是卡斯通神父也会知道这件事情。他还清楚地记得卡斯通神父以及他对自己说过的最后几句祝福之词。不！他并不想记起。记起这些祝福之词并无任何裨益，然而言犹在耳。它们清楚地浮现在空中，或者在他意识的深处。"你将会深入这个世界。这个世界像头饥饿的狮子一样等着你，吞噬你。所以，小心这个世界。耶稣说过，紧紧抓住……"约翰感到一阵痛苦——一种当他想起这些话就深入肉体的痛苦。他深思着即将到来的沦陷。是的！他，约翰，即将从天堂的大门坠入向他敞开的地狱之门。啊！他能想到事情的后果以及人们的言论。所有人都会避他不及，所有人都会满怀恶意地睥睨他。困扰约翰的是，他的想象不成比例地放大了他由上帝的高度向下沦陷的事实。在所有相继而来的事情中，对于人们言论的惧怕和随之而来的后果使他陷入对这一堕落深深的恐惧之中。

约翰想出了他将要接受的所有种类的惩罚。当他想要逃脱时，他能想到的只有不切实际的逃跑方式。他就是不能做出决定。因为他不能做出决定，因为他惧怕父亲和村里的人，以及不知道他对女孩的真实态度，所以他来到约定好的地点，什么都没对女孩说。无论他做什么都是致命的。然后他突然说：

"听着，瓦姆胡。我给你钱吧。然后你就说其他男人应该对此负责。很多女孩都这么做。然后那个男人也许会娶了你。我是不可能娶你的。你是知道的。"

"不。我不能那么做。你怎么能，你……"

"我会给你两百先令。"

"不！"

"三百。"

"不！"她几乎要哭了。他这么做让她很痛苦。

"四百、五百、六百。"约翰刚开始的时候还十分冷静，但现在他的声调开始变高。他很激动。他变得越来越失望。他知道自己在说什么吗？他说得很快，气喘吁吁，好像很着急。数字还在上升着——九千、一万、两万……他疯了。他嘴边起了白沫。他快速地走向站在黑暗中的女孩。他把手搭在她的肩膀上用沙哑的声音祈求着女孩。在他的内心深处，他父亲和村民恐吓般的愤怒成了某种可怕的力量，迫使他这么做。他粗暴地摇晃着瓦姆胡，但是他的大脑却告诉他，他只是在轻拍着她。是的，他近乎癫狂。数字已经到达五万先令并仍在增加。瓦姆胡害怕极了。她摆脱了这个疯狂的、受过教育的传教士的儿子，跑开了。他追上去并且抓住了她，用所有的甜言蜜语叫着她。但他在晃动她，晃着她，晃着她——他试图搂住她的脖子并掐死她……她发出一声恐惧的尖叫，然后倒在了地上。顷刻间，挣扎停止了，数字也停了下来，约翰站在那里颤抖着，像在大风天树上飘零的叶子。

很快所有人将知道，是他造成了这一切并杀死了瓦姆胡。

再见，非洲

她正在厨房里煮咖啡。她喜欢煮咖啡，即使是白天仆人们都在的时候。真正的咖啡的味道可以抚慰她。而且，厨房就是她的世界。她的丈夫从来没有去过那里。

他现在正坐在客厅里，对他来说，厨房的噪声似乎来自另外一个世界。他从带玻璃门的书架上拿起一本书，坐在沙发上，随意地翻开，并没有去读，只是把书随意地放在身边。

她双手捧着一个木制托盘走了进来。她喜欢木制品的触感。她把托盘放在角落的桌子上。然后她开始整理边桌，一张是她丈夫的，一张是她自己的。她坐在自己的咖啡前，面对着他。她看到他的目光盯着她的身后。他并没有注意到他的那杯咖啡。她站起来，像是要走到他那里去，但实际上她只是捡起地上的一片小纸屑，又坐了回去。她喜欢她的房子一尘不染。

"今晚，我突然有了想要离开的念头。"她说，心里清楚这不是真的。她感到自己说了无足轻重的话，便没有继续说下去。

他避开她的目光，摆弄着手里的杯子。他想了很多，又什么都没想。突然，他感到愤恨：她为什么一直在评判他？她为什么不能表达出一点点对他无声的谴责？

她认为他一定也在为离开而伤感。十五年的光阴对于人的一生来说并不短暂，而且上帝啊，我也没让他好过。她心里瞬间充满了怜悯。她做出了可心且充满善意的决定。我要试着去理解他。作为开始，我要向他敞开心扉，就在今晚。她走到他身边，将左手搭在他的肩上："上床来吧，你一定累坏了，派对太吵了。"

他放下杯子，拍了拍搭在他肩上的手，轻轻地将它拿下来。"你先去吧，我一会儿就来。"她感到他的声音中带有一丝不耐烦。他生气了，因为他的手不稳。

我的手已经失去了那种坚定，他想。还是我喝多了？不，我的手突然变得如此虚弱，虚弱极了。她在嘲笑我。是我的错吗？什么？什么错？我并没有想要这样做。我也不是有意这样做的。他一直都感到接近妻子是件很难的事情。"是他把我害成这样的。"他带着怀疑低声道，走向墙边那低矮的橱柜，拿出仅剩的一瓶威士忌。苏格兰的，尊尼获加，一八四〇年产，味道依旧强劲。他微微一笑，给他自己倒了一小杯，一口气喝了下去，又倒了一杯，喝完回到座位上，手里一直握着那瓶酒。为什么一件从未发生过的事——或许发生过，但不是出自他的本意，它怎么会来困扰他呢？

他已经忘记了那件事，直到他待在非洲的最后一个月。之后他开始重新回忆在他梦中出现的情景。随着时光的飞逝，画面变得越来越生动。起初，那张脸只会在夜里出现在他面前。他的床对他来说是个恐怖之地。然后突然间，在最后这几天里，那张脸开始在光天化日之下出现在他面前。为什么他折磨杀害的其他茅茅恐怖分子没有出现？而偏偏是他，这个男人！

他知道这个男人和其他人不同。这个男人曾经为他在农田干活。他曾是个善良的、敬畏上帝的、唯命是从的男孩。他是这种人的典型。他喜欢这个男孩，经常给他礼物：旧鞋子、旧衣服之类的东西。他记得男孩脸上表露出的感激之情和他欣喜的举动，或许有些滑稽，但这表明送给他是值得的。为这里的人做事，让本来难以忍受的事情变得可以忍受。在非洲你会感觉自己在做一些实际的事情，能马上得到感谢。不像在欧洲，没人在意你做了什么，即使在伦敦东区的穷人也不愿抓住给予他们的机会。福利好的国家。啊！这些想法让他感觉男孩不只是个仆人。他觉得自己就像男孩的父亲，对他有一种责任感，男孩是属于自己的。在一个圣诞节，男孩突然把他送给他的一件长外套和十先令扔还给了他。男孩笑了，不再为他服务。很长一段时间，他都无法忘记那个笑声。这一点他还可以原谅。但是他妻子对于男孩消失这件事表现出的悲伤和痛苦就是另外一码事了。就因为这一点，他永远都不会原谅男孩。后来茅茅战争爆发了，作为一名调解官员，他要去见男孩了。

他一直在喝酒，好像是对多年来的节欲和外在名望的一种报复。天花板、地板、椅子都在空中飘浮着。如果我出去开会儿车，只开一小会儿，我就能好一些，他这样建议自己，于是跟跟跄跄地走了出去，不想让那个男人带着轻蔑的笑声出现在他面前。

他上了车。车前灯扫开黑暗。他不知道要去哪里，只想把自己丢在路上。有时他会认出一棵熟悉的树或是一个标志牌，之后他便熄火车灯，漫无目的地行驶着。他就这样，打盹，醒来，告诉自己要握住方向盘，急转弯，开下山谷，奇迹般地避开从对面驶来的一两辆车。"我在做什么？我疯了。"他低声说，毫无预兆地转向右边，离开大路，成功地在交叉路口避免了撞上一辆飞奔而来的火车。他开车穿过草地来到森林；撞上了一个东西，擦过树桩，又一次神奇地躲过了树干。我必须停下来，他想。他要证明自己还没有疯，于是踩下刹车，立刻停了下来。

他在黑暗中听到了仪式的声音。他之前在哪儿读到过，一些早期的欧洲定居者曾经去找非洲男巫，要消除诅咒。他认为这样做是有悖于理性的；但是他到底发生了什么，他所看到的幻象绝对不符合正常的理性规律。不，他要驱除他的幻觉，就在这儿，在黑暗之中。这个想法极具诱惑力，而且就他目前的情况来说，是不可抗拒的。是非洲让你变成这样的，他一边想着，一边脱光了衣服。他摇摇晃晃地从车里出来，走了一小段路，来到森林深处。黑暗和森林里的嗡嗡声笼罩着他。他害怕了，却依然站在那里。接下来怎么办？他对非洲巫术一无所知。在家里，他曾听到过一些模糊不清的事情，比如仙子家族、花楸树、被偷的孩子和水鬼。他听过或读过，你可以做一个你想要伤害的人的蜡像，在死亡之夜把针插入蜡像的眼睛。或许他应该这么做。他可以做一个曾经的种田男孩的蜡像，刺它的眼睛。随后他想起来，他没有把蜡带过来，于是便在森林里暴跳如雷。

不，我不会这样做，他想。他现在为黑暗中的东西感到羞耻。我想知道究竟发生了什么，连我的妻子都要嘲笑我。他回到车上，希望能够找到肯尼亚四处都在瓦解的原因。他从来没有想过，有一天政府会让他退休，让一个黑人顶替他。这太令人羞耻了。而且他妻子又用那种眼神看着他。另一个无法抗拒的念头占据着他的脑海。我要给她写信，给全世界写信。他摸出一个笔记本，开始愤怒地写起来。灵感使他变得放松，内心轻盈。车里灯光昏暗，但是他并不介意，因为文字、想法全都在脑子里，他解剖着他的一生，试着去审视它，与此同时在她和全世界面前保护着自己。

　　……我知道你看到我在那张面孔之前颤抖。你不想作出评论，或许是不想伤害我。但是你一直都在嘲笑我，不是吗？不要否认。我在你的眼睛和神情中看到了这一切。我知道你认为我是一个失败者。我没有再升过职。非洲毁了我，但我从来没有得到过机会，真的。哦，不要用你那双蓝色的眼睛看着我，好像我在撒谎一样。也许你会说，男人的事情里有这样的趋势。好吧，我忽略了这一点。我们都忽略了这一点。但又是什么趋势？哦，我累了。

他停下笔，反复读着他写的文字。他翻到另一页。思如泉涌。他的笔端根本来不及写下他脑中涌出的想法。

　　……到底出了什么问题？我一直在问自己。我们用我们的资金、我们的知识、我们多年的基督文明去打开一个黑暗的国家，将它提升到历史舞台上，我们错了吗？我做了我该做的。提升的速度比较慢没有关系吧？有起有落也没有关系吧？还有很多令人绝望的时刻。我记得我们烧毁的小棚屋。

那时我这样问自己：我真的如此堕落吗？我生命的意义堕落到烧毁一间又一间小棚屋的地步了吗？我的生命难道进入了一个死胡同？我们不能让野蛮的暴力摧毁这个用数年光阴和众多生命建立起的一切。当我来到绝望的最低谷时，我遇见了那个男孩——我们的种田男孩。你还记得他吗？那个唾弃我的礼物并消失了的男孩，没准他进了森林？他站在办公室里，脸上带着嘲笑，就像——就像一个魔鬼。他已经没有了为你工作时的那种恭顺的、唯命是从的样子。他对我有一种奇怪的影响——当我想起他带给你的伤痛，好吧，我就会怒火中烧，我感到一种史无前例的愤怒，我无法忍受他的狞笑。我站起来，冲他脸上啐唾沫。但是那傲慢的凝视从来没有从他脸上消失过，他只是用左手手背擦去了脸上的唾沫。现在我已经忘记了他的名字，而且我从来都不知道他的名字，这难道不奇怪吗？你呢？我只记得他很高，在办公室里他的眼中带着暴力。我害怕他。你相信吗？我，竟然害怕一个黑人？害怕我以前的种田男孩？之后发生了什么，我不记得了。我无法解释。我已经不是自己了，只能看到那个男人的脸。在夜晚，在清晨，我只能看到他的狞笑、嘲笑和傲慢的冷漠。而他什么都不承认。我发出命令。他被带到了森林里。我就再也没见过他了……

他气愤地写着信。那些影像流淌着，融合着，撞击着：好像他活不了几天，所以想净化灵魂中的一些东西。在绞刑架落下之前，需要对神父忏悔。他颤抖着。但他仍像着了魔似的。

……我正在给你写信，我孤身一人待在森林里，待在这
个世界上。在和非洲说再见之后，我想和你一起在英国开始
新生活……

　　然后他发现自己没有穿衣服，正在瑟瑟发抖。他为自己的赤
身裸体感到羞愧，于是快速穿上了衣服。但是他不能再继续忏悔
了。他不敢重读自己写的信，害怕自己改变主意。他现在近乎冷
静了，但是对于把自己的生命交给她却又感到兴奋，就在今晚。

　　她还没有睡。她也下定决心要等他回来，这样他们就可以一
起度过在非洲的最后一晚了。躺在床上，她的思绪回溯自己的一
生，回溯他与她的关系。最初，他们在肯尼亚开始的日子里，她
尝试对他开创文明的热情和雄心壮志保持热忱。她也决心发挥自
己的作用，给生命一个目标。她参加了几次村落里非洲妇女的集
会，甚至学习了一些斯瓦希里语。之后她想去了解非洲，去触碰
它的核心，去感觉这片大陆在她指尖的跳动。在那段日子里，他
们俩是如此亲密，就连心跳似乎都是同步的。但是随着岁月的流
逝，他渐行渐远。她失去了最初的热情：最早出现的那些闪光的
念头，现在已经褪色，在她眼中变得锈迹斑斑。他们是谁，又想
要开化谁？到底什么是文明？他为什么焦虑？只是因为不能像他
预期的那样快速地往上爬吗？她对这个生锈的东西有些不耐烦
了，就是它把丈夫从自己身边带走的，但是她又不能打扰他，不
能毁掉他的事业。所以她参加了一些聚会，做了一些简短的分

享，她想哭。她应该把这些说出来吗？她冥思苦想着，在床上辗转反侧，不明白他为什么要这么晚开车出去。她没有去村子里参加集会。她想要一个人待一会儿。她不想去了解非洲了。她为什么要去了解非洲？她甚至都没有试着去了解欧洲，或是她出生的地方——澳洲。不，你永远都不会期望去了解一个存在于自己掌心的大陆，你只能爱它。她想过自己的生活，而不是做别人登顶的垫脚石，这样做又无法过上更充实的生活。

于是她独自一人走在乡间小路上。她看见孩子们在玩耍，心想有一个孩子会是什么感受。她什么时候才能来到这个奇怪的世界呢？她被成片的香蕉树、茂密的树丛和森林震惊了。在危机之前，你可以毫无畏惧地去任何地方。

就在一次她独自散步的时候，男孩和她在香蕉田里做爱了。自由感。后来他们之间狂热的爱恋使她渐渐远离她的丈夫和其他行政官员。

回到家里时，他发现她还没睡。他向她走去，带着一些激动的心情。他没有开灯，只是坐在床上，沉默着。

"你去哪儿了？"

"我开车出去转了一会儿——想最后看看这个老地方。"

"来，躺到床上来，天哪，你怎么这么冷！我还在这儿等你给我温暖呢。"

"你知道的，夜里一直很冷。"

"那就过来吧！"

她觉得自己应该在黑暗中告诉他关于她情人的事。她不想看到他的脸，怕自己改变主意。她伸出手抚摸着他的头，想找一个开口的方式。现在，她的心狂跳不止。她害怕了吗？

"我想告诉你一些事情，"她把手从他的头上拿开，停了一下，却迟迟说不出话，"你会原谅我吗？"

"当然，无论发生什么我都会原谅你。"他开始不耐烦了。还有什么能比他写在本子上的充满鲜红热血的内容更严重呢？他想告诉她，自己是如何从生命中驱除种田男孩的鬼魂的。他在等着她快点说完。他想尽快把笔记本给她，然后离开房间，给她时间认清他赤裸的灵魂。

"我会原谅你一切事情的。"他用鼓励的语气说。"说吧。"他对着黑暗的房间温柔地低声说道。

她向他说了种田男孩——她的情人的事。

他听着，感觉能量和血液已经离开了自己的身体。

他会原谅她吗？她只希望他们能够开始新的生活。她说完了，她的声音消逝在寂静的黑暗之中。她听着自己的心跳，等着他说话。

但是他什么都没说。一种黯淡潜入他的四肢，进入他的嘴里，侵入他的内心。这个男人，他的种田男孩。为了一个答案，他起身走到门口。

"亲爱的，求你了！"她哭了出来，这是她第一次因为他的沉默而感到一种黑暗的恐惧，"不要走。那是很久以前的事情了，是在危机之前。"

但他继续向前走，穿过门，走到客厅。他坐到之前一直坐着的沙发上。不由自主地，他开始摆弄之前没有喝完的咖啡。

他所有的道德理想都是服务于英国资本主义的，他是一个自负的男人：一向认为自己是个合格的丈夫。他没有理由去怀疑她对于一个男人或是她丈夫的忠贞。这个女人，他的妻子，怎么能让自己和那个男人——那个生物睡在一起呢？她怎么能这样下贱，把他多年来的名誉毁于一旦，如此不堪？

他追逐了太久的梦想。虽然现实残酷，但是他不能让梦想溜走。在他的殖民任务和爬到顶层的欲望中，他忽视了家庭，于是他的家被另一个人占据。也许，这种事情不仅仅发生在他一个人身上。但是当坐在屋子中间、面对着光秃的墙壁时，他怎么能知道这一点呢？杯子从他的手中滑落，摔成了碎片。他站起来，在屋里绕圈子，慢慢地，什么都不看，不看过去，也不想未来。然后，他拿出记事本，随意地翻开一页：

> 在非洲的白人必须接受更严格的关于家庭和社会的道德准则，因为我们必须为我们在非洲的任务树立一种理想。

他合上本子，走进他从来不去的厨房。他拿出一根火柴，点燃，看着笔记本燃烧。他看着火焰，看着自己的肉体燃烧，但是他感觉不到疼痛，什么感觉都没有。那个男人的灵魂会一直追随着他。非洲。

第三部
隐　居

瞬间的荣耀

她叫万吉鲁，但她更喜欢比阿特丽斯这个教名。这个名字听起来要纯洁美丽得多。她长得不丑，但也说不上好看。她那黑黑的身体虽然有血有肉、富有形态，但内心似乎在等待灵魂来填补。她在啤酒店工作。在那里，女人所生的儿子把他们的内心世界都浸泡在啤酒罐和啤酒泡沫中。似乎没有人注意到她。当然也有例外。有时，哪个雇主或者烦躁的客人会大声喊她的名字——比阿特丽斯，其他人就会有意无意地抬起头，几秒钟而已，像是要看看是谁拥有如此美丽的名字。没找到人，他们就继续喝他们的酒，讲他们的黄色笑话，大声说笑，和别的女服务生调情。比阿特丽斯像一只飞行途中受了伤的小鸟：时不时地被迫着陆，踉踉跄跄地从一个地方转移到另一个地方。所以你总能在"阿拉斯加""伊甸园""现代""托姆"或其他利穆鲁的酒馆找到她。有时，因为她不足以吸引顾客来，店主一发怒，就把她解雇了，既不提前通知她，也不给她工资。她就得跌跌撞撞地去找下一家酒吧。有时，她只是厌烦了窝在同一个地方，每天看着同样的场景。有些女孩，毫无疑问比她长得丑多了，下班前居然也有一大堆客人来为她们打争夺战。她们有什么我没有的东西？她会绝望地问自己。她渴望有这么一个酒吧王国，她是其中的规则制定者，前来求情的人拿着啤酒当礼物，他们的脸上挂着令人沮丧的笑容，嘴里骂骂咧咧的，内中暗藏着欲望和爱情的火花，而不是厌恶。

她适时地离开了利穆鲁，试图到周围那些在迅速扩展开来的小镇上去。她在尼加拉里加、卡米里索、里罗尼、铁库努几个小镇上都干过，但是那边的情况如出一辙。噢，是的，有时候她也会有客人，但没有人像她希望的那样喜欢她。没有人非要她服务不可，愿意为了她跟别人争抢。手头拮据的客人不到万不得已时不会去找她。哪怕在五瓶塔斯克啤酒下肚后，那些男人也不会假装对她好。第二天晚上或者领工资的那天，同一个客人会装作不认识她，却会使劲把钱花在别的女孩身上，而这些女孩已经有不止一打客人等着了。

她对此感到怨恨，把每一个女孩都看成是自己的敌人，对她们抱着一种愠怒的态度。特别是尼亚古斯，她就是那根刺，时常在她伤口猛扎。尼亚古斯既傲慢又冷漠，但男人们却常常围着她转。如果她和男人们生气，男人们还会送她一些礼物，以示和解，而她也把这些视为理所当然。尼亚古斯看起来令人生厌，也没耐心，而且很明显她非常瞧不起那些男人。但男人们仍粘着她，好像很享受于一个自主的女性用刻薄的言语、嘟着的嘴唇和冷漠的眼神来折磨自己。尼亚古斯同样是飞行途中的一只鸟，也从来不在一个地方好好待着，但对她而言，她这样做是为了寻求改变和刺激，征服新的面孔和新的场所。比阿特丽斯恨死她了。她是比阿特丽斯想要成为的女孩，既沉溺于酒吧的暴力与性之中，又凌驾于这种地狱般的生活之上。比阿特丽斯走到哪儿，尼亚古斯的影子就跟到哪儿。

她从利穆鲁逃到基里区的伊尔莫罗戈。这里曾经是一个鬼村，但是，尼扬恩多这个传奇般的女人让这里重现生机。每一支流行乐队都在歌颂她。年轻的穆图和穆丘恩瓦边跳舞边歌颂她：

> 当我从内罗毕来到伊尔莫罗戈，
>
> 我未曾预知，
>
> 自己会承蒙神童恩泽，
>
> 尼扬恩多。

因此，伊尔莫罗戈常被当作希望之镇，疲惫不堪和受尽折磨的人可以在这里安身立命。但尼亚古斯又如影跟随至此。

比阿特丽斯发现，尽管伊尔莫罗戈有传奇，有歌舞，但与利穆鲁没有什么不同。她用过许多计策。衣服？但即便在这儿，她也没能赚到足够的钱来买华丽的衣服。每个月才赚七十五先令，没有食宿补贴，又没有一个会赚钱的男友，生活还能怎么样呢？那时，伊尔莫罗戈小镇上已经有"爱比"增白膏，比阿特丽斯想这就是问题的答案了。在利穆鲁，她看到皮肤比自己还黑的女孩擦上增白膏后，就能在一夜之间从丑陋的魔鬼转变为白皙的明星。男人们会色眯眯地盯着她们看，甚至会极其骄傲地夸耀他们的新女友。比阿特丽斯思考了一会儿，心想：男人们真是奇怪的动物。他们强烈地反对"爱比"增白膏、"比通"香膏、"火雪"、"月雪"、假发、直发等，却常常去追逐擦着"爱比"增白膏、头戴欧洲或印度假发的女孩。究竟对黑皮肤自我厌恶的根源是什么，比阿特丽斯从来没有想过。她只是接受这种矛盾，给自己涂上厚厚的"爱比"增白膏。她必须抹掉这份黑皮肤带来的耻辱。但即使是"爱比"增白膏，她也没有钱买足够多，只能在脸和胳膊上涂一些，腿和脖子却依旧是黑的。而且，她脸上的有些部位也不能完全如她所愿——比如耳后和睫毛上方，对涂了增白膏的比阿特丽斯来说，这也时不时给她带来耻辱和愤怒。

在她拥有瞬间的荣耀之前，她会一直铭记"爱比"增白膏给她带来的奇耻大辱。她在伊尔莫罗戈星光酒吧和旅馆工作。尼亚古斯戴着手镯和大耳环站在柜台后面上班。老板是一个善良的基督徒，定期去教堂，给募捐会捐款。他有啤酒肚，头发灰白，说话轻声细语，是个顾家的好男人，这在伊尔莫罗戈人尽皆知。他辛勤工作，直到打烊才离开酒吧，或者更确切地说，一直要等尼亚古斯下班才离开。他从不关注其他女孩，只在尼亚古斯身边转悠，暗中递给她一些衣服之类的礼物，却从没得到过回礼。他得到的只有承诺，他也只能把希望寄托在明天。他付给其他女孩是每月八先令，而尼亚古斯却拥有自己的房间，她想什么时候起床就什么时候起床。但是比阿特丽斯和其他女孩必须五点左右就起床，为房客提供早茶、打扫酒吧、清洗杯盘。之后，她们会在酒吧里轮流值班，一直到下午两点，她们才能休息。五点，她们就又要工作了，随时准备迎接客人，面带微笑，为客人提供啤酒，十二点之前，只要有客人还想喝比尔森啤酒或塔斯克啤酒，她们就得留下来为他们服务。经常让比阿特丽斯感到生气的是——对她来说或许都一样，老板坚持让女孩们睡在星光酒吧。他说，这样她们就不会迟到了。但他真正的目的是想让这些女孩用身体去吸引更多的房客。大多数女孩违反了这一规定，尼亚古斯是头一个，她们贿赂看守人，让她们能够自由出入。她们想与固定的对象或一夜情人约会，那时她们无拘无束，不再是酒吧女招待。比阿特丽斯经常睡过头。她偶尔也有一夜情主顾，他们总想花最少的钱待上一整夜。一天晚上，老板在被尼亚古斯拒绝后，便来接近比阿特丽斯。一开始，他先是对她的活挑刺儿，他骂她，接着又突然夸奖她，语气勉强，甚至还带着轻蔑。他抓住她，和她纠缠在一起，啤酒肚、灰白头发，等等。比阿特丽斯对他产生了从未有过的反感。她不能、也不想接受被尼亚古斯扔掉的东西。上帝啊，她在心里默默流泪，尼亚古斯有什么我没有的东西？这会儿，这个男人在她面前作践自己，恳求她，承诺给她礼物，但她就是不愿让步。那个晚上她也违反了规定。她从窗户跳出去，在另一家酒吧找到一张床，直到早上六点才回来。老板当着所有人的面把她叫过来，辞退了她。但比阿特丽斯更为自己的行为感到吃惊。

　　她清闲了一个月。其他女孩时不时地接济她一下，因此她有时睡在这个房间，有时又换到另一个房间。她没有勇气离开伊尔莫罗戈，去一个新的小镇重新生活。伤口发疼，她厌倦了漂泊。她不再用"爱比"增白膏了。她身无分文。她看着镜子中的自己，她已老了很多，离她堕落还不到一年。她问自己为什么如此多虑。莫名地，她惧怕找情人或者干脆用自己的身体换取金钱。她想要的是一份体面的工作以及一个或几个男人的关爱。也许她想要一个男人、一个家和一个孩子伴她入眠。也许正是这真诚的想法吓跑了那些来酒吧找女孩的男人，他们才没想从酒吧女招待身上寻求这些呢。她哭到深夜，想起了自己的家乡。此时此刻，她母亲的家乡尼耶里似乎是世上最温暖的地方。她愿意用无数和平与安详的浪漫幻想来美化她父母的农民生活。她渴望回家见到他们。但是她怎么能空手回家呢？不管怎样，那都是她记忆深处一个遥不可及的地方了。她的生活在酒吧，在迷失了的陌生人中间，远离优雅，远离高贵。她这代人再也不会与泥土、庄稼、风和月亮相伴，不会在黑漆漆的树篱旁讲情话，也不会在皎洁的月光下跳舞、做爱，看着"图姆图姆"渐渐上升，触碰天际。她记得，家乡有个女孩，尽管一直被利穆鲁一个又一个的富人包养，过着外表光鲜的生活，最后却开煤气自杀了。这代人对死亡的奥秘毫无敬意，对生命的奥秘也无动于衷。有多少未婚妈妈把她们的孩子扔在公共厕所，而不是选择忍辱负重地生活？这个女孩的死到头来还成了笑柄。她开煤气自杀了——没有痛苦，他们说。在那之后一星期里，比阿特丽斯也想过开煤气自杀，但她下不了手。

她想要爱情，也想要生活。

伊尔莫罗戈新开了一家酒吧，名叫树顶酒吧、旅店和餐厅。为什么叫树顶，比阿特丽斯一直没有想明白。也许是因为这是一个楼房：底层是茶馆，顶层设有一个专门的房间，做酒馆。剩下的房间是留给有五分钟需求或一夜情的房客的。老板是一个退休的公务员，但仍参与政治。他十分富有，在肯尼亚每一个大城镇都有商铺和公司。全国各地的显贵都来他的酒吧，有的坐奔驰，有的坐宾利，有的坐捷豹和戴姆勒。穿着制服的司机在车中等候，昏昏欲睡，还有些不耐烦。也有些不是特别大牌的人，他们是来拜见大人物的。他们大多数时候都在谈政治，有时候也谈工作。这里充斥着流言蜚语。你知道吗？某某确实升职了。真的吗？某某被解雇了。某某挪用公款了。太愚蠢了。一点也不聪明。他们互相争辩、吵架，有时拳脚相加，这在选举活动期间尤为常见。但是他们一致同意，在肯尼亚，罗奥团体是所有麻烦的根源；知识分子和大学生都居住在象牙塔里，他们拥有特权，并且傲慢无礼；基安布市占据了绝大部分发展资金；尼耶里和穆兰卡的人收购了内罗毕所有大企业，甚至不放过基里区；非洲劳动者，特别是在农场里干活的人，他们很懒，并且嫉妒"我们"这种用辛勤劳动换来一夜暴富的人。即便如此，他们也会赞美自己，或者用同样的赞美之词回赠对方。喝到酣畅淋漓时，偶尔会有人点两桶啤酒分给在场的每一个人。甚至那些伊尔莫罗戈的穷人也会来树顶，等着暴发户请客。

比阿特丽斯在这里找到了一份打扫卫生和整理床铺的工作。几个星期后，她发现自己和那些大人物之间的距离变近了。以前只是有所耳闻的人，现在她为他们整理床铺。她目睹穷人如何拼尽全力喝酒，在大人物面前夸夸其谈。不久，先前的命运又一次降临了。女孩们从其他酒吧蜂拥而至，有她在利穆鲁认识的，也有在伊尔莫罗戈认识的。她们当中大多数都傍上了一个甚至多个大人物，她们经常和一大帮情人玩捉迷藏的游戏。尼亚古斯的工作依然是站在柜台后面。不管是穷人还是富人，他们都盯着她看。而她呢，闪烁着大眼睛，戴着手镯和耳环，保持着冷漠且不耐烦的姿态。身为清洁工，比阿特丽斯变得更不起眼了，那些交了好运的女孩都看不起她。

她怀揣着梦想与生活作斗争。她一次次地给床换上干净的床单，床单见证着一场场五分钟的纠缠，每次都以一声喘息和一摊液体告终。在换床单的间隙，她站在窗口，看着外面的豪车和司机，根据车牌和司机的制服，很快就记住了所有的车主。她幻想着她的情人，开着豪华的双人座奔驰跑车来找她。她似乎看见自己和这样一个情人手牵着手，走在内罗毕和蒙巴萨的大街上，高跟鞋踩着小碎步，敲击在街道的地面上。她会突然在玻璃橱窗前驻足，惊呼道："哦，亲爱的，你能给我买那……"他可能会问："那什么呀？"语气中透着宠爱和一丝愠怒。"那双长袜，亲爱的。"拥有很多防抽丝的无孔长袜，她才认为是幸福的。她再也不想缝补破袜子了，永远。你明白吗？永远。然后，她会拥有不同颜色的假发，金色的、棕色的、红色的、非洲式的，全世界各种各样的假发，她都有。等到那时候，全世界只会为比阿特丽斯一个人唱赞美之歌。每每想到这些，她就感到兴奋，感到自己已从痛苦中解脱，她不再是一个只为别人短暂的五分钟激情而扫扫地、换换床单的清洁工了，她是万古·马克里的后裔，她沐浴在月光下的裸体，令男人带着无限的向往颤抖不已；她还是现代伊尔莫罗戈镇创立者尼扬恩多的女儿，伊尔莫罗戈镇上的人常常在歌里传唱，尼扬恩多把她的好几个情人折腾得精疲力竭。

　　然后，她注意到了他，一个违背她梦中情人标准的人。他是在一个周六下午过来的，开着一辆五吨载重的货车。他小心翼翼地把货车停在奔驰、捷豹和戴姆勒的旁边，没有把它看作货车，而是那些线条柔美、金光闪闪的豪车中的一分子，他看起来对自己的货车倍感骄傲。他穿着一件宽松的灰色正装，外面是一件厚厚的卡其色军用外套。他脱下外套，小心地叠好，放在车前排的座位上。他把所有车门都锁上，拍一拍身上的灰，然后绕车走一圈，好像在检查车有没有擦破和损坏。进酒吧之前，他又回头瞅了一眼他那辆庞大的货车。他坐在酒吧的一个角落里，轻蔑地大声要了一瓶肯尼亚啤酒。他津津有味地喝着啤酒，同时环顾四周，想找一张熟悉的面孔。他真的认出了一位大人物，立刻给他点了一瓶"威使69"，对方只是点了点头，给了个盛气凌人的微笑，接受了他的酒。慷慨过后他想与那位大人物攀谈，却被完全忽视了。他僵硬地坐在那儿，喝着自己的啤酒。过了一会儿，他又试了一次，对方皱起了眉。他想融入他们讲的笑话，但他笑得太大声，以至于那些大人物都闭口不再讲了，把他一个人晾在那儿。傍晚时分，他起身，数了几张崭新的一百先令的纸币，递给柜台后面的尼亚古斯。人们有的窃窃私语，有的喃喃低语，有几个人笑出了声，似在嘲笑，同时也感到吃惊。但这一举动没有让他立刻获得认可。他摇摇晃晃地走到自己订的七号房间。比阿特丽斯把钥匙给他，他瞥了她一眼，便再也没有兴趣了。

那天之后，他每周六都来。五点，大人物一般都来了。除了给钱，他重复着同样的事，却总是碰壁。他总是坐在那个角落，也总是订七号房间。渐渐地，比阿特丽斯开始期待他的到来，并为他准备房间，尽管比阿特丽斯自己没有意识到这一点。在被大人物无情羞辱后，他会留下比阿特丽斯，和她聊天，或只是当着她的面自言自语。他一生都在挣扎。他从未上过学，但受教育一直是他的梦想，可惜没有机会。他的父亲是裂谷区欧洲殖民地的棚户居民，这在殖民时期意味深远。这意味着，他和他孩子的未来注定要为白人鬼子和他们的孩子辛苦劳作。他曾参加过争取自由的运动，和其他人一样遭到拘留。当他从拘留所里出来时，他和刚出生时一样一无所有。他没有受过足够的教育，无法出人头地。起初他是个烧炭工，之后做了屠夫，后来他通过自己的努力成了一名运输工，把裂谷区和基里区的蔬菜和土豆运往内罗毕。他为自己取得的成就而自豪。有些人通过贷款和资助教育得到了如今的财富，他憎恨这些人，因为他们不认同他这种人。他会抱怨这些事，想着自己没受的教育，决心要给孩子提供更好的机会。接着，他会仔细地数钱，把它们放在枕头下面，然后让比阿特丽斯离开。有时，他会给她买啤酒，但显然他对女人很警惕，认为她们只会榨取男人的钱，所以他至今未婚。

一天晚上，他和比阿特丽斯睡在一起。早晨，他抽出二十先令给她。她接过钱，莫名地感到愧疚。一连几个星期，他都这样做。她不在乎钱。虽然钱是有用的，但他花钱买她的身体，就像买一袋土豆或卷心菜。花一英镑，他可以把她当作一个倾听者，尽情地抱怨前面提到的种种不满，还可以一夜情，释放内心的重担。比阿特丽斯厌倦了他的自尊心，厌倦了他一成不变的故事，但她感觉在他内心深处，似乎有一种东西一直被压抑着，像一团火、一粒种子、一朵花。在他身上，她看到的是一个与她相似的受害者，她期待着他的到来。她也渴望向一个懂她的人吐露心声。

一个周六晚上，在他讲述自己艰难的奋斗经历时，她突然打断了他。她不知道自己为什么这样做，也许是因为外面下雨了，雨滴轻敲着瓦楞铁皮，温暖而又冷漠，让人昏昏欲睡。他愿意听，也不得不听。她来自卡拉蒂纳的尼耶里镇，她的两个哥哥被英国士兵枪杀了，还有一个哥哥死在狱中，她成了家里唯一的孩子。她的父母很穷，但他们在一小片贫瘠的土地上辛勤劳作，努力为她凑出上小学的学费。六年级之前，她都努力学习。读七年级时，她肯定有点懈怠了。最后，她没能通过考试。当然，她知道，很多和她分数差不多的学生去了很好的公立中学，她还知道一些分数比她差的学生，靠家里的关系去了重点中学。但她没被任何一所正常收费的学校录取。她父母付不起社区学校的学费，她也不想复读，所以就留在家里。有时，她帮父母干农活、做家务，但想想：过去整整六年，她过着和父母截然不同的生活。农村的生活很无聊，所以她常去卡拉蒂纳和尼耶里找工作。每家公司都会问她同样的问题：你想干什么工作？你都会做什么？你会打字吗？你会速记吗？她很绝望。她坐在尼耶里的一家店里一边流泪，一边喝芬达。就是在那儿，她遇到了一个穿着黑色西装、戴着太阳镜的年轻男人。他看出她处境不妙，就上去和她聊天。他来自于内罗毕。找工作？那很容易，在大城市找工作一点儿也不难，他说他一定可以帮上忙。交通？他有车——一辆奶白色雪铁龙。天啊，那是一段美好的旅程，黎明即将来临。他载着她，把她带到露台酒吧，他们一边喝着啤酒，一边谈论内罗毕。透过窗户，她看到整个城市被霓虹灯照亮，她知道这里就是她的希望。那晚，她把自己献给了他，光明的未来让她欣喜不已。她睡得很沉。早晨醒来时，开奶白色雪铁龙的男人不见了，她以后也没再见过他。她就这样开启了她的女招待生涯。她已经一年半没见过她的父母了。讲到这里，比阿特丽斯哭了起来，自怜自哀，越哭越伤心。耻辱和无休止的东躲西藏让她记忆犹新，她从未真正融入这种酒吧文化，总是期待事情会有所转机。但是，她被困住了，虽然还没有学会所有的法则，但这是她现在唯一了解的生活。她又一次抽泣起来，眼泪成串地滚落。突然她僵住了，抽泣声在空中戛然而止。这个男人早已沉沉睡去，发出阵阵鼾声。

她感到莫名的空虚，内心巨大的痛苦简直要将她撕裂。对于自己再次失败的经历，她想大哭一场。她遇到过好几个男人，他们对她残忍，嘲笑她顾虑太多，在他们眼里，她只是在装无辜。这些她都忍了。但是，上帝啊，这次不能忍。这个男人不是她的同类吗？一个个周六，他不是向她吐露了心声吗？他为她的服务买单，早晨还用现金和塔斯克啤酒来补偿她。她内心的折磨竟成了他的催眠曲！她突然感觉体内有什么东西断了。这一年半来所有的愤怒、耻辱带来的所有痛苦，现在都指向了这个男人。

之后她做了一件事，熟练得像个老手。

她碰了一下他的眼睛，他睡得很香。她把他的头抬起，又放下。她不再流泪，眼神冰冷却坚定。她在他的枕头底下摸索了一阵，抽出那一沓钱。她数了数，有五张崭新的粉色票子。她把钱塞进内衣。

她从七号房间走了出来。外面仍下着雨，她不想去她经常去的那个地方。她现在无法忍受那个狭小得像碗橱间似的房间，或者室友的喋喋不休。她穿过泥泞，淋着雨，不知不觉来到尼亚古斯的房门前。她敲了敲门，没人回答。透过雨声，她能听到尼亚古斯从瞌睡中醒来的声音。

"谁啊？"

"是我，开开门。"

"谁？"

"比阿特丽斯。"

"这么晚有什么事？"

灯亮了，门栓松开了，门开了。比阿特丽斯走进去，和尼亚古斯面对面站着。尼亚古斯穿着透明的睡衣，肩上披着绿色的套衫。

"比阿特丽斯，出什么事了？"她终于问道，语带关切。

"我能在你这儿待一会儿吗？我累了，想和你谈谈。"比阿特丽斯的声音坚定有力。

"到底发生了什么事？"

"尼亚古斯，我只想问你个问题。"

她俩依然站着，然后，一句话也没说，各自坐到床上。

"尼亚古斯，你为什么要离开家？"比阿特丽斯问。

尼亚古斯沉默了一会儿，好像在思考这个问题，比阿特丽斯等着她回答。尼亚古斯终于开口时，声音有些颤抖。

"说来话长，比阿特丽斯。我的父母非常富有，都是善良的基督徒，我们过着循规蹈矩的日子，从不与异教徒来往，不参与异教的习俗，例如，跳舞和割礼仪式。还有，怎样吃饭、何时吃饭都有规定，你必须像个女基督徒那样走路，不能和男孩待在一起。这个规定，那个规定，到处都是规定。有一天放学后，我没有回家，和另一个与我情况差不多的女孩一起，逃到了伊斯特利，在之后的四年里，我再没回过家。就这样。"

又是一阵沉默，她们互相看着对方，产生了共鸣。

"尼亚古斯，还有一个问题，你不需要回答。但我一直认为你很讨厌我，看不起我。"

"不，不是这样的，比阿特丽斯。我从没讨厌过你，从没讨厌过任何人。只是任何事都提不起我的兴趣，就算男人也不能让我心动。但是，我需要瞬间的刺激，需要那些虚伪奉承的眼神，这样我才能感受到自我的存在。但是你，你看起来要好多了，你内心有一种我不曾拥有的东西。"

比阿特丽斯强忍着泪水。

第二天一早，她坐上了开往内罗毕的大巴。她沿着集市大街走，边走边看街边的店铺。接着她从政府路向右拐，来到肯雅塔大道和基马蒂大街。她走进侯赛因苏莱曼大街附近的一间商店，买了几双长袜，马上穿上一双。接着她给自己买了一条新裙子，也换上了。在巴塔鞋店，她买了一双高跟鞋。她穿上新鞋，把原来的旧平底鞋扔了。到阿坎巴报摊时，她又给自己配了一对耳环。她到镜子前看着全新的自己。突然她感到非常饿，仿佛饿了一辈子。她在莫蒂酒店前徘徊。然后她继续往前走，最后走进了弗兰斯酒店。她的眼里闪着光，男人们都把目光转向她，这让她很惊讶。她在角落里找了张桌子坐下，点了份印度咖喱。一个男人起身坐到她对面。她看着他，眼神里流露出愉悦之情。他穿着黑色西装，眼里全是欲望。他给她买了一杯酒，想和她交谈，但是，她静静地吃饭，不说一句话。他把手伸到桌子下面，碰到她的膝盖，她没有反对。他的手向上，向上，一直摸索到她的大腿根部。她突然起身向外走，留下没吃完的食物和一口没碰的酒杯。这种感觉很好。他追了出来，她不回头看也知道。他和她并排走了一段。她笑笑，却不看他。他没了信心。他被落下了，窘迫地看着基诺外面的玻璃橱窗。在回伊尔莫罗戈的大巴上，男人们都给她让座，她理所当然地接受了。到了树顶酒吧，她径直走向柜台，平时那些大人物都在那儿，她一进门，他们的谈话戛然而止，都好色地盯着她。女孩们也打量着她，甚至连尼亚古斯也不再冷漠地无视她，比阿特丽斯给他们买了酒。老板走过来，不太相信那是她。他试着和她谈话。她为什么离职呢？她去哪里了？她还愿不愿意在这儿工作，和尼亚古斯一起站在柜台后？或者偶尔过来上班？一个女招待帮她带来一张纸条，原来是几个大人物在问她，是否愿意去他们那桌坐坐。别的桌也写纸条过来，都在问同一个问题：她今天晚上有空吗？甚至还有人邀请她去内罗毕旅行。她没有离开过柜台，但她理所当然地接受了他们给她送来的酒，她感觉到了一种新生的力量，甚至是自信。

她拿出一先令放入投币口。点唱机里开始播放罗宾逊·姆旺吉的歌，歌里唱的是在农场工作的受蔑视的女孩，拿她们和城市女孩做对比。接着她点了一首卡马洛的歌和一首 D. K. 的歌。男人们都想和她跳舞，她不予理睬，但享受于他们围着她转。伴随着另一首 D. K. 的歌，她扭起了屁股。她的身体无拘无束，她身心自由，完全沉浸在激动而又紧张的氛围中。

六点左右，那个开着五吨载重货车的男人突然冲进来。他穿着军用外套，身后站着一个警察。他环顾四周，所有人都盯着他。但是比阿特丽斯继续扭着屁股。一开始，在一群为比阿特丽斯喝彩的女孩中，他没能认出比阿特丽斯。接着，他得胜般地喊了起来："就是那个女孩！小偷！她是小偷！"

人群散开，人们各自回到座位上。警察走过去，给她铐上了手铐，她没有反抗。她走到门口时，转过头给了那个男人一巴掌，之后跟着警察走了出去。

一阵短暂的沉默后，有人开了个关于桃色抢劫的玩笑，酒吧里爆发出一阵大笑。人们谈论着她，一些人说应该打她一顿，另一些人轻蔑地聊着"这些酒吧女孩"。还有些人一边难以置信地摇头，一边说犯罪率逐年升高。《绞刑法案》难道不该适用于所有盗窃罪吗？开着五吨载重货车的男人不知不觉成了一名英雄，大家都围着他提问，让他讲述事件的全过程。有些人请他喝酒。更有甚者，大家全神贯注地静静聆听，时不时地爆发出赞许的笑声。小偷的被捕暂时把他们团结成了一个大家庭。而那个男人津津有味地讲着故事，头一次得到了大家的认可。

柜台后面，尼亚古斯却在默默哭泣。

十字架前的婚礼

　　所有人见到这对夫妇都忍不住赞叹：多么幸福美满的家庭啊。他，一名成功的木材商人；她，一名顺从上帝、丈夫和家庭的妻子。在爱与忠诚的结合下，瓦里尤奇和米丽娅姆是所有夫妇最耀眼的榜样：瓦里尤奇高大、正直，有些刻板，却十分富裕；而米丽娅姆小巧、安静，在她巨人般的丈夫身后，不起眼得就像他的影子。

　　瓦里尤奇娶米丽娅姆时身无分文，更没有应急的存款，毕竟他只是个殖民者农场上的牛奶销售员，一个月赚三十先令——诚然，这在当时是笔巨款，但是每个月的大多数薪水他都用来买酒喝了。彼时他还年轻，不怎么在乎，不受物质财富、权力等梦想的烦扰。当然，他也会和其他工人一起进行集体抗议、提要求，甚至为他们撰写抗议信。由于被看成危险的破坏分子，他还一度被一两个农场开除过。不过，他的心思其实在别的地方，在他最喜欢的运动和表演上。他喜欢自豪地骑着他的罗利牌自行车到处逛，用口哨吹着他记忆中老唱片的片段，或是用约德尔唱法模仿吉姆·罗杰斯，时不时地在莫洛村展示一下他的高超车技。他能单脚站在自行车上，用左腿平衡，伸展双手做出好似要飞翔的动作；或是在孩子们面前倒着踏车，逗他们一笑。他的自行车很旧，却涂着显眼的红、绿、蓝色，还在车后座的告示牌上潦草地写着："超越我，死路一条。"除了爱在自行车上变戏法，他还有其他角色。看，这个演员正在模仿他的白人老板，嘲笑他们说话和走路的姿势、对待黑人工人的举止和态度。即使是从白人那里寻求好处的非洲人，瓦里尤奇也不放过。他还是个优秀的舞者，会随音乐变换舞步，在跳穆沃姆博科舞步时，故意将左侧裤管沿着裤缝撕开到膝盖一英寸以上，这招总能让他收获姑娘们赞赏的目光和声声赞叹。

他就是这样俘获了米丽娅姆的心。

每周日下午，米丽娅姆一有机会就会去集市广场，热切地加入瓦里尤奇先生的崇拜者队伍。她的心会随着他的成功和侥幸脱险而起伏，有时候只是伴随他的节奏跳动。米丽娅姆的家境远比大多数裂谷区的棚户富裕。她的父亲道格拉斯·琼斯在镇上拥有几间杂货店和茶馆。道格拉斯和他的妻子敬畏上帝：他们每周日都去教堂，每个早上的第一件事、每晚入睡前的最后一件事，以及每餐前，全是祷告。周围的白人农场主也都很尊敬他们；地区长官也时常顺路拜访他们。这是个善良的基督徒家庭，因此他们反对女儿婚后陷入罪恶、悲惨与贫穷：她到底看上那小子哪里了？他们不准她参加无所事事的异教徒周日搞的偶像崇拜活动。尽管米丽娅姆从小就被教导，要在周日布道时保持安静——"你们作儿女的，要凡事听从父母"[1]，要遵循克莱夫·朔姆贝格神父在其经典著作《非洲人应遵循的英国礼仪》里规定的内容，她却

---

[1] 引自《圣经·新约·歌罗西书》第三章第二十节。

有着一颗独立的灵魂。如今，瓦里尤奇和他的罗利牌自行车、他售奶时哼的小调、他宽大的裤筒以及他自由舞动的身体，都汇聚成一束光，将她从道格拉斯·琼斯的乏味世界召唤到远方霓虹闪烁的城市中。她内心也曾对这一强烈的光芒有过怀疑，甚至对他那脏兮兮又打了补丁的裤子有些反感。然而，她依然追随他，为自己的坚定感到吃惊。道格拉斯·琼斯的态度缓和了些：他爱自己的女儿，只想把最好的给她。他不想让她嫁给那些没用的、低学历的暴发户，他们把欧洲农场有条不紊的生活、一切平静和繁荣都扰乱了。这样的人，就像布瓦纳区的长官经常告诉他的，只会以入狱收场：他们受贪婪驱使，拿白人殖民者和传教士所谓的罪恶来欺骗老实人和没有文化的工人。瓦里尤奇从哪方面看都是这样的危险分子。

　　他把瓦里尤奇——"我们未来的女婿"，叫到眼前。他想看看这个年轻人有多少真材实料。而瓦里尤奇也放低了姿态，因为他和大多数工人一样，对信仰基督教的富人阶层有所敬畏。他仔细地缝补好左侧的裤管，梳整齐头发，来到道格拉斯面前。道格拉斯夫妇让他站在门口，没有给他椅子，对他上上下下一番审视。瓦里尤奇不知所措，看看米丽娅姆，又看看墙，希望得到解救。他最终有椅子坐了，但还是不敢看米丽娅姆的父母和被请来审判他的显贵，而是直勾勾地盯着墙。他知道，他们正毫不掩饰地凝视和谴责自己。然而，道格拉斯·琼斯可是基督教仁慈的典范："这杯茶给我们的……嗯……我们的儿子……这位年轻人。什么工作？牛奶销售员？啊，这个……没有人生来就很有钱。钱是靠赚的，你知道，你还这么年轻……工资？三十先令一个月？嗯，有些人的情况比你更糟糕、起点更低，不过也一路爬上来了。真正的财富来自我们至高无上的上帝，你知道。"瓦里尤奇非常感激老道格拉斯说这些话，甚至鼓起勇气朝他笑了笑。他从这双眼睛里看到的东西却让他迅速转向墙壁，静待最终的处决。处决的方式不算残忍，但这把冰冷的钢刀挥得干净利落。为什么瓦里尤奇年纪轻轻就想结婚？好吧，好吧，如你所愿，现在的年轻人和我们那个时代相去甚远。我们又凭什么教年轻人怎么做呢？我们不反对你们结婚，但是，我们作为基督徒是有责任的。我再说一次，我们不反对这桩婚事。但是，婚礼必须在十字架前举行。瓦里尤奇，一场教堂婚礼是要花钱的。养老婆也是要花钱的。难道不是吗？你点头了？很好。现在这世道，还能有这样讲道理的年轻人，不错。这也正是我想要的，所以我把这些顾问朋友叫来，我们想看看你的储蓄账户。年轻人，你能给这些老人家看看你的储蓄卡吗？

瓦里尤奇被彻底击垮了。他迎着现场那些长者困惑的目光，接着恳求般地看向米丽娅姆的母亲。只是，他并没有看见她。离开了奶牛饱满的乳房，离开了他的自行车和崇拜他的人群，离开了酒吧和茶馆的匿名保护，他竟不知道该怎样做。他就像一头被猎捕的动物，现在被逼到了角落，而捕猎者怀着期望、喘着粗气，正在享受猎杀的每一个时刻。他的脑袋中出现嘈杂的嗡嗡声，视线也开始模糊，与此同时，还听到道格拉斯·琼斯依然和蔼有礼的声音，正在拖沓地讲着关于不能让自己的女儿过贫苦生活之类的话语。瓦里尤奇只能绝望地看向门，以及门外的空地。

终于逃出来了，他如释重负地呼吸着。尽管还有些颤抖，他

110

很高兴回到了熟悉的世界，他自己的世界。但是现在这个世界在他眼中有些不同了，似乎因为受到伤害，他再也不能享受他看到的这一切。米丽娅姆跟着他来了，有那么一会儿，他觉得自己战胜了道格拉斯·琼斯。他们私奔了。瓦里尤奇在伊尔莫罗戈森林的恰纳木材商人那儿找了份工作。这对恋人住在一间简陋的木屋里，瓦里尤奇在此逃避印度雇主成日的咒骂。瓦里尤奇学会了忍受这些耻辱。他跪在原木底下，别人站在原木上，随着锯子的来回，他唱着小调，编排森林和木头的故事，讲到森林和锯子的致命婚姻，还会用悲情的声调收尾。在某种程度上，这能使他的心情更加轻松，也不会太在意到处飞扬的木屑。轮到他站在原木上时，他一边锯，一边战战兢兢地一步步向后退，感受到自己手中有一股邪恶的力量，然后唱起了关于德米·纳·马萨迪的歌，这个人在很久以前曾将比伊尔莫罗戈浓密的森林砍伐一空。

而道格拉斯·琼斯往昔的女儿米丽娅姆，会听着他的歌声盖过低语或喧闹的风声，她的心也随之起伏。这歌声，亲爱的上帝啊，这歌声和她父亲教堂里忧伤的赞美诗大不一样。太不一样了，她内心感觉无比美好。在周六和周日，他会带她到森林里去跳舞。在他们结束歌舞回家的路上，他们会寻找一块合适的草地，在上面做爱。当他进入她的身体，她在他身下呻吟，喊着她妈妈和假想姐妹的名字时，荆棘的松针叶戳着她的臀部，带来刺痛和愉悦。对于米丽娅姆来说，这些晚上是幸福和奇妙的。

瓦里尤奇也同样感到幸福。作为一个没有父亲的街头混子（他的父亲死在第一次世界大战期间，为了对抗坦噶尼喀的德国人，替英国人搬运枪支和食物的途中），能获得上层姑娘的芳心似乎是个奇迹。但是他不再是以前的瓦里尤奇了。他常会回顾自己的人生，从早年在利穆鲁的烈日下或寒风中，为别人采摘除虫菊，到最近在莫洛当牛奶销售员。他的回忆会突然以他与道格拉斯·琼斯及其顾问团的会面而终止。他永远都不会忘记那次会面；他永远都不会忘记道格拉斯·琼斯和他的朋友发出的幸灾乐祸、低沉的笑声，在米丽娅姆和她母亲面前，想要贬低他作为一个男人的尊严和自我价值。

永远不会。他会证明给他们看。他会当着他们的面嘲笑他们。

但是，他的歌声中马上产生了焦躁不安的音符：那是希望和承诺尚未实现的苦涩。他的声音变得粗糙，就像锯木头时发出的声音，他带着同样的贪婪和邪恶撕扯天空。他放弃了在恰纳商人那里的工作，带着米丽娅姆回到利穆鲁。他将米丽娅姆交给自己年迈的母亲，然后从她们的生活中消失了。她们听说他到了内罗毕、蒙巴萨、纳库鲁、基苏木，乃至坎帕拉。她们听到谣言：他被关进了监狱，甚至和一个布干达姑娘结了婚。米丽娅姆一直等着他。她记得伊尔莫罗戈森林中、蕨草坡和草地上忍痛的快乐时光，也记得在利穆鲁寒冷的六七月独守空床。她已经与父母断绝了关系，反正她也不想再回去了。他在她身体里种下的爱情果实温暖着她。孩子的到来，以及她和婆婆之间简朴的友谊抚慰了她。接着传来更多的谣言：白人正在为他们的内斗收集武器，而作为土地之子的黑人也被招募进这场杀戮。这是真的吗？这时，瓦里尤奇终于结束旅途，回到家乡，米丽娅姆发现他变了。他变得沉默寡言——那些歌声和口哨声都去哪儿了？他待了一周，然后说："我要去打仗。"米丽娅姆不能理解。为什么会发生这样的变化？为什么他如此痴迷于奔波？但是她还是一边等他，一边在地里劳作。

令瓦里尤奇痴迷的只有一件事：他想忘掉那次会面，放下心头如鬼魂般死缠不放的轻蔑眼光。他在埃及、巴勒斯坦、缅甸以及马达加斯加参加了战斗。他对这场战争思考得不多，也不去质疑它对于黑人的意义，他只想它快点结束，以便继续之前的努力。他可能会从战场上带点战利品回家，让他在肯尼亚殖民地的小镇上开始他梦寐以求的生活。他甚至会得到一份赚大钱的工作：英国人承诺，只要击退邪恶的德国人，就会给他们工作和赏金。战争结束后，他回到利穆鲁，形体较之前消瘦，意志却更顽强了。

他回来后的几周里，米丽娅姆与他重新擦出火花，将他紧紧拥在怀里。他讲了一些关于战争的笑话，给他的儿子唱了几首士兵的歌。他和她云雨一番，又在她身体里播下一粒种子。他又开始找工作。他听说利穆鲁一家鞋厂的工人在罢工，所有工人当场被解雇。瓦里尤奇和其他人便拥到门口提供劳力。罢工的工人想拦住这些新人，把他们视为罢工运动的叛徒，但是戴安全帽的警察来到现场，用警棍赶走了围栏里的老工人，将新工人护送进去。但是瓦里尤奇不在其中。他生来就背运？他回到内罗毕的街上，加入刚打仗归来的无业游民，既没有工作，也没有赏金——"正直"的英国人和"邪恶"的德国人笑着握手言和了。瓦里尤奇并不费心去思考黑人为什么没有受雇这样的问题。当年轻人聚集在普姆瓦尼、卡里欧克尔、乌里莫约和其他地方提这些问题时，他没有加入讨论。他们让他想起战前那些农场朋友的夸夸其谈——那些努力没什么用，现在的这些也不会有用。在任何情况下，他都为自己的过去感到羞耻。他觉得，如果自己不是那么游手好闲，更有进取心，他就不会在米丽娅姆和她母亲面前受那样的羞辱。年轻人谈论着如何组建队伍、如何请愿和购买枪支、如何拿枪把白人赶出这块土地，与他的雄心和追求相比，这些似乎太遥远了。他不得不另辟一条赚钱的路。在成功的那天，他会转头，当着老道格拉斯·琼斯的面轻蔑地炫耀。随着时间的流逝，被有钱人羞辱的记忆变得愈加尖锐和鲜活，令他夜不能寐。他并不把白人和印度人看作财产、商业、土地的真正拥有者；他看到的只有道格拉斯·琼斯，穿着他的灰色羊毛外套、西装背心、戴着帽子，挂着他用来当拐杖的折叠伞。这个男人成功的秘诀是什么？是什么？是什么？他到处尝试奇怪的工作，甚至在巴哈提市场倒卖过老鹰。他会从印度集市买来铅笔、手绢，然后以能赚取微薄利润的零售价格卖出。这真该是他的职业吗？

在他能找到这个问题的答案之前，为了民族解放的茅茅战争打响了。很多工人，无论有没有工作，都从内罗毕的街上被赶进了集中营。他想办法逃脱了扫捕的大网，再次回到利穆鲁。他很愤怒，不是对白人，不是对印度人，不是对像高山河谷那样，作为这块土地上永久特征的一切事物，而是对自己的族人。为什么要扰乱平静？为什么要在他刚刚从小本生意中赚了点钱的时候，破坏这种稳定的生活？尽管没有确证，他终于相信了那个谎言：英国人很快会给黑人财富和更多的工作机会。在接下来近一年的时间里，他与周遭的混乱保持距离，专注于赚钱的热情。他转而投向殖民政权，通过配合他们，逃脱了被驱赶到集中营或躲进树林里的命运。很快，他的站边有了成果：他为自己逐渐成熟的未来兴奋不已。在别人的地被殖民者占用时，他的那块，尽管不大，却完好无损。事实上，在土地兼并、殖民者驱赶女人和老男人时，瓦里尤奇会配合其他活跃的黑人，帮助他们守卫更多的土地。这些女人的丈夫和老男人的儿子不是在集中营中发臭腐烂，就是在森林里顽强抵抗。瓦里尤奇并不是一个残酷无情的男人：他只想让这场噩梦早日终结，这样他就能继续自己的小本生意。即使在战斗中，道格拉斯·琼斯的形象也挥之不去。那次羞辱依然隐隐作痛，他像舔舐牙疼的地方一样舔舐这个伤口，希望自己有一天能直面他。

乔莫·肯雅塔从马腊拉尔回到家乡。瓦里尤奇有一点害怕，他的热情被浇灭了。当勇士们聚集起来庆祝胜利时，像他这类人会怎么样呢？啊，他以为会在这片土地上永远存在的白人呢？但随着独立的脚步越来越近，瓦里尤奇得到了他的第一份真正的回报：殖民者在撤退前给了他一笔钱，他用这笔钱买了一把电动锯，成了木材商人。

在独立后的一段时间里，随着土地之子从集中营或森林中回来，瓦里尤奇很担心自己的生命和生意。他以为会遭到什么报复，但是人们都累了。这场正义斗争以胜利收场，人们已无心复仇了。所以瓦里尤奇不受阻碍地富了起来，毕竟，与真正为自由而战的人相比，他的起点要好得多。

他怀着感恩之心加入基督教。主原谅了他。他让米丽娅姆也加入基督教，他们一起成了基督徒的模范。

但是米丽娅姆祈祷的内容不同，她希望自己的男人回到身边。她的两个儿子通过努力考入了斯利阿那中学，她因此感谢上帝。但她还是想要真正的瓦里尤奇回来。危机时期，她常提醒他不要太过残忍。他的歌声、舞蹈和爽朗的笑声都不见了，这让她痛心；他的眼神冷峻而坚定，这让她恐惧。

在教堂里，他又开始唱歌了，却不再是曾攫住她灵魂的小调，而是她熟知的悲伤曲调。耶稣的名字在信徒的耳朵里是何等甜美。他成了教堂唱诗班的台柱，经常负责敲鼓。独立之后，打鼓也被引进教堂，作为对非洲文化的让步。他参加浸会教的学习；在一个特别的日子里，他不再用瓦里尤奇这个名字，改为小道奇·W. 利文斯通。在那以后，他就坐在教堂的前排。随着他的生意得到改善，他一步步走向辉煌。他成了一名新的教会长老。

其他的事情也一样让人高兴。尽管他岳父岳母的财产缩减不少，但他们依然生活在莫洛。他们还没有原谅他。但随着他的名声逐渐显赫，他们开始试探：他们的女儿是否愿意回来看看他们呢？米丽娅姆并不愿听到这些，这让小道奇·W. 利文斯通很不高兴：作为基督徒，你的宽恕精神去了哪里？他坚持她回家去，她屈服了。他感到欣慰。但是仅仅这个行为，并不能消除他羞辱的记忆。他还是要复仇。

他的大本营在利穆鲁，但他要在全国范围内奔波，去了解和自己行业相关的最新动态。在"亚洲出埃及记"那年，由于恰纳商人不是肯尼亚公民，他们的证件即将被撤销。他们很快邀请利文斯通入伙，利润五五分。赞美上帝，称颂他的名；上帝确实从未吃过乌加里①。一年之内，他已经积累了足够的钱，可以购买利

---

① 一种肯尼亚玉米团。

116

穆鲁一片原属于白人的大农场。他现在是大木材商了，他们让他担任教会资深长老。

米丽娅姆依然徒劳地等着她的瓦里尤奇。但她是一位模范妻子，别人都赞扬她是善良的基督徒、温顺的贤妻。她以自己的方式向上帝虔诚地祈祷，希望能将自己从过去的噩梦中解救出来。她从不摆架子，甚至拒绝穿上鞋子。每个早晨，她都会早起，带上她的长带拎包，走到她工作的茶厂，和其他工人一起工作。她从没有忘记老殖民地上的那块地。有时她给工人煮茶、做饭。这让她的丈夫很恼火。为什么？为什么她要在这些人面前侮辱他？为什么她的举动不能像一位信仰基督教的尊贵夫人那样？毕竟，她不是出身基督教家庭吗？他问她，难道你必须弄脏双手，和工人待在一起吗？在衣着上，她屈服了，穿上鞋子、戴上白帽子，尤其在去教堂的时候。但劳动已深入她的骨髓，她不想放弃。她享受接触大地的感觉；她喜欢和工人无拘无束地交谈。

他们也喜欢她，但讨厌她丈夫。利文斯通把他们视作一群懒惰成性的人。为什么他们不能像他那样勤奋工作？有哪个雇主的妻子给在田里工作的人送过食物？他告诉米丽娅姆，她这是在娇惯他们。有时他会看着他们忧郁的面庞，记起在肯尼亚危机或早些时候，自己在恰纳雇主那里受过的侮辱。但是渐渐地，他学会了将这些烦心的时刻埋在静默的祷告中。他意识到他们无声的憎恨，但只把这当作懒惰的穷人对富人的嫉妒。

只有在米丽娅姆出现的时候，他们的脸上才会出现光彩。他们会卸下戒备，开玩笑，又唱又笑。他们逐渐让米丽娅姆走进他们的内心生活。他们是一个秘密教派的成员，相信基督是为了穷人受罪致死的，他们称这个教派是"悲哀之教"。她丈夫出差时，她会参加他们的一些仪式。这是一群奇怪的男男女女：他们唱着自己创作的歌曲，用鼓、吉他、铃铛和铃鼓，制造出一种震撼人心的强烈节奏，让她也忍不住快乐地跳起舞来。是的，他们都在跳舞，双手在空中舞动，脸庞散发出温暖而令人安详的光芒，直到进入一种着魔和高度觉醒的状态。这时，他们会用一种奇怪但美丽的语言交谈，似乎因共同的劳动和信仰而团结在一起，而这一点最让米丽娅姆着迷。她的内心掀起波澜，似乎有双苏醒的翅膀正在体内有力地扑腾，以至于她常常会怀着期望颤抖着回家。她等着丈夫归来，相信他俩可以一起从支离破碎的过去找回丢失的东西。但是，当他出差归来，他依然是小道奇·W. 利文斯通，教会资深长老，富有的农场主和木材商人。她再次变成对丈夫言听计从的模范妻子，听他讲述生意、账目等琐事：他签了哪些合同，他赚了或亏了多少钱，往后的计划，等等。到了周日，这对夫妇如往常一样去教堂：同样的毫无乐趣的曲调，同样的摘自指定书籍的祷告语，同样的基督教兄弟姐妹间的相互致意；还有无法避免的茶话会，以及利文斯通总要出出风头的慈善拍卖会。多好的一家人啊，每个人都带着羡慕和尊敬说。他是一名成功的木材商人，而她是一名顺从上帝、丈夫和家庭的妻子。

有一天，他很早就回家了。他的脸上神采奕奕，不像往常一样因忧虑而皱着眉，他的眼睛放出愉悦的光彩。米丽娅姆内心悸动。这是真的吗？曾经的勇士回来了？可以看出，他正在努力地抑制兴奋之情。但是下一秒，她的心马上又沉了下去。他说，他的岳父道格拉斯·琼斯邀请了他，祈求他到莫洛去看他们。他急

118

切地展开信件，开始大声朗读起来。然后他跪下来，感谢上帝，感谢他的仁慈和理解。米丽娅姆无法加入这场祷告。主啊，主啊，是什么让我变得如此冷酷？她祈祷着，真诚地期望看到指引她的光。

重逢的日子越近，他越急不可耐。他无法掩饰胜利的喜悦。回顾一生，他认为这都是上帝在指引他。他，一个来自贫民窟的男孩，一名牛奶销售员……但他不想去回忆那个穿着补丁裤、在自行车上杂耍的可笑的年轻人。那时候，他让自己成了整个镇子的笑话吧？他到本氏兄弟的店里买了一辆崭新的梅赛德斯·奔驰220S，这应该能让人对他另眼相看。到了那天，他穿上一件精纺羊毛外套、一件背心，还拿着一把折叠伞。他说服米丽娅姆穿上从政府路内罗毕服装店买来的一条正装礼裙。他自己的母亲则被装扮成一位穿着正装和鞋子的贵妇。他的两个儿子穿着校服，只说英语（他们说不好吉库尤语，总是犯很多错误）。漂亮的一家人启程前往莫洛。老道格拉斯迎接了他们。他上了年纪，头上银发满布，但是身体健壮。琼斯跪了下来，利文斯通也跪了下来。他们做完祷告，哭着抱在一起。我们的儿子啊，我们的儿子。还有我的外孙们。过去的一切都淹没在眼泪和祈祷中。但对米丽娅姆来说，过去的一切还是那么鲜活。

最初的喜悦过后，利文斯通对那次会面还有些耿耿于怀。他并不是对琼斯生气，这个老人的想法当然是对的。他自己也无法想象会把女儿交给一个衣衫褴褛的初级销售员。但他还是希望能永远抹除那段记忆。突然，他又从启示中看到了上帝之手，他找到了答案。他微微颤抖。他为什么没有早点想到呢？他与岳父促膝长谈，然后向他提亲。一场十字架前的婚礼，让旧我得以新生。道格拉斯·琼斯立马就答应了，因为他的女婿已是一位真正的信徒。米丽娅姆却觉得这个计划没有意义。她在变老，而且上帝已经赐予她两个儿子。这哪里有罪了？他们又一次把矛头指向她。一场在基督十字架前的盛大婚礼会让他们的生活变得更加完整。她的抵抗极其脆弱。他们一起赞美上帝。上帝总以神秘的方式行事，创造着各种奇迹。

婚礼前几周是利文斯通一生中最幸福的时光。他细细地品尝着每分每秒，哪怕是焦虑和困难也让他感到喜悦。这一天终于要来了——一场十字架前的婚礼。他就是在十字架前找到了上帝。他再次焕发青春，充满活力，强健有力。这一天，他会在十字架前交换戒指，这会抹除那段令人不安的记忆。请柬印好并立即分发了出去。轿车和大巴在门口排队。他把米丽娅姆拽去内罗毕，一间间地逛完了整座城市的商店：肯雅塔大道、穆因第宾古大街、集市、政府路、基马蒂大街、再回到肯雅塔大道。最终，他给她买了一条雪白的长袖缎裙、一块面纱、一双白手套、一双白鞋、一双长袜，当然还有塑料玫瑰。他参照克莱夫·朔姆贝格神父为非洲人所著的现代经典中礼仪准则，几乎没有违背任何关于婚礼的规则和指示。小道奇·W.利文斯通不想犯错。

米丽娅姆没给任何人寄送请柬。她每天都祈求上帝赐予她力量挺过整个仪式。她希望婚礼能像做梦一样快点结束。婚礼的前一周，她被一路送回了父母家。她已经是两个孩子的母亲，不再是那个私奔的年轻女孩了。她觉得，假装自己还是一个住在父母家的少女，实在荒谬绝伦。但是她还是顺从了，仿佛受到比人类更强大的力量驱使。也许她错了，她想。也许其他所有人都是对的。那为什么要破坏这么多人的幸福呢？甚至教会也极为高兴。他，一名成功的木材商人，要给别人树立一个好榜样。还有很多女人过来祝贺她，拥有这样一个丈夫是多么幸运。她们都想分享她的幸福，有些人还哭了。

婚礼当天，天气晴朗。她看到莫洛起伏的田野，回忆起童年时的痛楚。她试着让自己开心点，却不由自主地哭了起来。多年的等待是为了什么？多年的希望是为了什么？她满脸皱纹的父亲极为醒目：他穿着黑色的燕尾服，里面是一件背心，还戴着一顶高帽。她羞耻地将头偏向一侧。她向上帝祈求更多的力量。在被领向圣坛的过道上，她几乎没有认出任何人，甚至是和她共事的工人，"悲哀之教"的成员，他们在外面的人群里等着她。

对于利文斯通而言，这是最重要的时刻——比复仇更甜美。这一刻让他一生为奴。而今，这一刻终于来了。为了这一刻，他精心打扮了自己：一件黑色的燕尾服、一顶高帽，对所有他能认出的显贵，主要是议员、神父和商人，他都笑脸相迎。利文斯通发现，教堂里坐满了重要人物。工人和不那么重要的人物都坐在教堂外面。"悲哀之教"的成员穿着酒红色的外衣，带着他们的吉他、大鼓和铃鼓。在经过这些人身边时，新郎极其严厉地瞥了他们一眼，但只有一瞬，因为他今天非常高兴。

现在，米丽娅姆站在十字架前，她的头藏在白色的头纱里，她的心怦怦直跳。她在想象中看见一位老奶奶假扮成新娘，和一群上了年纪的伴娘站在一起。伪装，全是伪装。她想：新郎来的时候，这里有十个处女等着他；其中五个是聪明的，另外五个是愚蠢的——哦，上帝啊，快让这苦杯倒在我头上吧，在我成奴之前，快让苦杯倾倒吧……这时神父说："小道奇·W.利文斯通，你是否愿意接受这个女人做你的妻子，无论疾病或健康，直到死亡将你们分开？"利文斯通大声而清晰地回答："我愿意。"现在轮到她了。上帝啊，这苦杯……这苦杯……快让苦杯倾倒在我头上吧……"米丽娅姆，你是否愿意接受这个男人做你的丈夫……"她试着回答，口水却堵住了她的喉咙。那五个处女……五个处女……新郎来了……新郎……整座教堂在可怕的寂静中等待着。

突然，教堂外，这份寂静被打破了。人们将目光转向门口。但"悲哀之教"的信徒好像没有意识到人们脸上的惊愕。也许他们以为仪式结束了，也许他们受到圣灵指引。他们开始打鼓，敲铃鼓，弹吉他，汇聚成活泼狂放的活力合奏。教堂神职人员冲出去阻止他们——"嘘，嘘，这场婚礼还没结束呢"，但他们根本听不见。他们的脸朝向天空，他们的歌声直达天际，他们的双脚撼动大地。

第一次，米丽娅姆抬起头。她模糊地记得自己没有邀请这些朋友。他们是怎么来莫洛的？她感到一阵内疚，但也只是一小会儿。这无关紧要。她再次看见了……在十字架前，在她找到了上帝的十字架前……她看到瓦里尤奇站在她面前，就像他以前在莫洛那样。他骑着一辆自行车，在一大群崇拜者前玩着把戏……在十字架前，在她找到了上帝的十字架前……他为她做着这一切……在兴奋不已的人群中，他选中了她……这一点她确信……然后她看见他在跳舞，使她更加确信他对自己的爱……他在为她而舞。上帝啊，我曾经被爱过……曾经……我曾经被爱过，上帝……在伊尔莫罗戈森林中和草地上的时光已成了她的一部分。那是怎样的呻吟啊，上帝，怎样的呻吟啊……现在，鼓和铃鼓也在她舞动的内心呻吟。她是米丽娅姆。她感到自己如此有力，如此强大，她更骄傲地抬起头。而神父几乎在大吼："米丽娅姆，你是否……"人群在等待。她看看利文斯通，又看看自己的父亲，她看不出他们两人之间有什么区别。她大声地回答："不。"

仿佛一道闪电划过教堂。他们听到的是正确答案吗？神父近乎歇斯底里："米丽娅姆，你是否……"再一次，门外的歌声让教堂里显得更加寂静。她掀开面纱，直视着所有人。"不，我不能……我不能嫁给利文斯通……因为……因为……我嫁过人了，我嫁给了……嫁了瓦里尤奇，而他已经死了。"

利文斯通真的像变成石头般僵在那里。她的父亲哭了，她的母亲也哭了。他们都觉得她疯了。他们把整件事怪罪到这些信仰魔鬼的独立教会头上，神父没有接受过专业训练，等等。教堂外的男男女女继续跟着鼓点唱歌跳舞，他们的脸朝向天空，他们的歌声直达天际。

梅赛德斯的葬礼

如果你来伊尔莫罗戈，那么千万别错过餐吧：在这里，你或许会遇到老同学，你们可以一起回忆旧时光，了解久未联系的老朋友和旧相识的近况。基里区的大人物常来光顾，尤其周末晚上，他们在索尼亚俱乐部的草坪上打完高尔夫球和网球后，这家俱乐部在数英里外，曾只对欧洲人开放。但在喝下一两升塔斯克或比尔森啤酒后，人们会驱车前往气氛更轻松的伊尔莫罗戈工人区。提醒你，这可不是餐馆，想吃炸鸡和红酒牛排，就别去那儿。那儿以炭烤羊肉和打扮时髦的酒吧女招待而闻名。当然，还有闲聊。你坐在有红色软垫的 U 形沙发上——肯尼亚所有大众酒吧里都有，可以高谈阔论，也可以静静聆听。这里没有中立的态度，除非你假装；这里没有隐私，除非你租了一个单间。

那是一个周六的晚上，我坐在那里听人讲一个有趣的故事。听说过梅赛德斯·奔驰的葬礼吗？讲故事的人穿着深色西装，正在对一群人讲话，那群人想必是他的访客，但他的声音大得让其他所有人都能听见。他该是微醺了，但时不时语气严肃，略微带着感情色彩。我喝着满是泡沫的啤酒（顺便告诉你，我是一个实业家），竖起耳朵，收集到一些零散的线索。他正在谈论的人曾经或最近在一家酒吧工作。

他说，不多……我承认不多，事实上，先生们，我都已经忘了他。我甚至没想告诉你们关于他的事情，要不是……要不是他的名字出现在那件可笑的事情里——但是，先生们，你们肯定读到过了吧？……没有？真的吗？……总之，这件事发生了，震惊了整个伊尔莫罗戈，甚至在全国性的日报上也有几英寸的版面。这可是大事，你们知道，尤其在许多更大的丑闻竞相吸引眼球的时候。大人物拳脚相向，在地上扭打……候选人被打手暴打……其他候选人在任命日莫名被捕，第二天又莫名被释放。这是将载入历史的一年，先生们，载入历史的一年。在这么多吸睛事件中，为什么人们对偏僻村庄里一具身份不明的尸体能否决定选举结果的无聊故事饶有兴趣呢？事实一，先生们，并不是我想进行推理，如果不是大选年，这个人的死或葬礼绝不会引起如此广泛的关注。

现在，我们来想一想。有个国会议员：约翰·乔·詹姆斯阁下……你们相信吗？他曾叫约翰·卡兰加，第一次当选就改掉了本土名字……标准、有效，带着国际尊严，这些都是必需的……总之，他不想在连任时受阻。还有个人是政党分部的领导：主席……等一等，他叫鲁洛，做了多年的分部领导——没有会议，没有选举，所有事情都是他一手搞定，人们称他为主席……他也想有一份新的不受约束的政府工作。国会和其他小型机构里会有空缺的席位，多得不计其数。但是所有在职者都希望以更多票数连任。你想想，为什么任职长达六年以上的人照样失去工作？他们是专家，有经验……不止于此。为什么会失业？因为不幸的是，许多自命不凡、想法各异的新人都来谋取相同的职位。活

125

力……新鲜的血液……不止于此。很自然，先生们，相信在你们的地区也一样，所有人都以为，可以通过独特的技巧和效率，当上伊尔莫罗戈的议员阁下。明白我的意思吗？先生们，再来点塔斯克啤酒吧？小姐……小姐……这些服务生！……再来点塔斯克啤酒。

好了，经过第一轮初选和暗地里试探性的拉选票，竞选队伍还剩下现任者和三个挑战者。有一个是大学生……你们知道现在的大学生……卢蒙巴式的山羊胡……有破洞的美国 T 恤和牛仔裤……他们只穿外国的衣服……外国的时尚……外国的观点……你们还记得德邦森①领导下的马凯雷雷的时代吗？精纺羊毛外套、上过浆的白衬衫、同色系的领带……这才是我认为得体的穿着……总之，我们的这位大学生挑战者自称是知识分子工人，充分了解所有工人的需求。还有一个胸怀壮志的企业家。这个人有意思。他刚刚申请到一笔贷款，要在伊尔莫罗戈购物中心建造一座大型自助超市。传言说他把一部分贷款挪用到了竞选活动中。他告诉选民，人生来就是要赚钱的，如果他当上国会议员，他保证每个人都有平等的机会发财。而他将以身作则：领导者就该成为榜样。还有一个竞选者是政府官员，或者说是前政府官员，他已辞职来参加竞选。他声称自己会成为一名优秀的国会议员。"做馨香的燔祭"是他的竞选口号。作为例证，他不但放弃了行政部门一份颇有前途的职业，甘愿成为完全的人民公仆，还卖掉了他的三头五级奶牛为竞选活动提供资金支持。他的妻子当然反对，

---

① 莫里斯·德邦森（1852—1932），英国外交官。

126

但是……小姐，我要的啤酒呢……我们都有弱点，是吧？

每个挑战者都谴责另外两人分散了选票。如果另外两人够真诚，难道就不能主动退出、支持对手吗？然而三个人在指责在职者时却很团结：他为这个地区做过什么？他只不过中饱私囊，让自己和亲戚暴富。他们提到他的商业利益、他盖起来的数不清的楼房，哪怕选区最小的加油站都有他的股份。胸怀壮志的企业家质问道：他从哪个被遗忘的角落获得了如此巨大的财富，包括那上千英亩的大农场？为什么他不能给别人同样的机会，去分一杯羹呢？大学生质问道：他为工人做过什么？前政府官员指责他从未走访过自己的选区。他的参选对这座城市来说是一张单程票。他们齐声说：拿选票说话，让选票告诉我们真相吧。有趣的是，先生们，现任者用同样的话回答道：是的，拿选票说话——语气颇有成就感。他首先指出政府已做过什么……公路……医院……工厂……旅馆和度假村……希尔顿酒店和洲际酒店，等等。任何称政府没有作为的言论都是在蛊惑人心、玩弄政治。有人说他不像个部长，根本没做什么工作，对于这一指控，他只是一笑置之。政府是从哪儿得到力量和权威的？内阁又是从哪些人中选出来的？有人说内阁就是他组的，对于这一指控，他反击说，那是因为其他竞选者心怀嫉妒，又闲得无聊……桌上有一个大蛋糕……一些人太懒或太胖，举不起一根手指头来拿走一块……只等着别人把蛋糕塞进嘴里，甚至帮他嚼。他对前政府官员说：这个准国会议员……一个没有任何经验的人……难道他不知道国会议员的工作是要参加国会会议，制定合理的法律，来绞死盗贼、把流浪汉和妓女遣返到乡下去吗？光坐在家里喝喝

"查加"①、下下棋，是制定不出法律的。对于大学生，他只报以轻蔑的大笑：知识分子工人……他指的是只会拿石头砸别人的车和房子的知识分子吧！先生们……本次竞选没有任何内容……没有论题，没有建议……只有承诺。大家都厌烦了。他们不知道该选谁，虽然胸怀壮志的企业家说得倒有几分道理。你，你的瓶子还是空的……要不要来点烈的？"威使69"？不要？……噢，噢……你说"查加"？哈！哈！哈……来点"查加"……"速杀我"……没，这里从来不卖"查加"……小姐，小姐……再来一轮……要一样的。

你刚刚说到"查加"。事实上，你可以说，是"查加"拯救了这次竞选。这么说吧。如果瓦希尼亚——在伊尔莫罗戈餐吧的守夜人，没有因为酒精中毒而猝死，我们这个小村镇永远不会被任何日报提及。瓦希尼亚之死成了选举的关键因素。在一次由候选人发表演说的小规模公众集会上，大学生喊出"我们是劳动者"的口号，其他人接受了挑战。他们也是劳动者。现任者说，每一个人，除了懒人、残疾人、妓女和学生，都是劳动者。有人从观众席中站起来。此时，人们已经对这些候选人失去了原有的敬畏、好奇和尊重。总之，这个人站了出来。他是个酒鬼——而且那天已经喝了一两罐。他一边模仿各个演讲者惯用的手势，一边问道，谁关心一个穷工人啊？这年头，穷人要是死了，连个墓坑都没有，更不要提放进体面的棺材里埋葬了。人们都笑起来，

---

① 肯尼亚一种传统的私酿烈酒，又名"速杀我"。因非法商贩添加化学物品，导致村民失明，甚至死亡，一度被禁。2010 年肯尼亚政府恢复其合法性。

128

掌声雷鸣。他们完全懂得这个人对自己的担忧，他皮包骨，看起来就像个快死的人。但他坚持己见，说到瓦希尼亚的事。他的话像电流一样击中了每个人的心。那晚，所有候选人都秘密地单独去找死者的妻子，提出为他安排葬礼。

我不知道你们那里是不是这样。在我们村里，葬礼是社会性事件，就像外国的鸡尾酒会。我指的是独立以后。一九五二年之前，你们知道，危机爆发之前，人们总要保存遗体，在令人费解的肃穆和眼泪中静候。人们敬畏死亡，却因为热爱生命而直面它。他们问：什么是死亡？因为他们想知道什么是生命！他们在葬礼上对活着的人表示同情，帮助埋葬死者。一个墓坑。人们会静默地轮流挖墓坑，把它当作一种仪式。然后一丝不挂的死者被放入墓坑。先在遗体上撒一点土。遗体、泥沙、土壤：它们有什么不同呢？然后危机爆发了。到处都是枪支。父亲、母亲、孩子、牲畜统统都被杀死了，遍地都是尸体，留给秃鹫和鬣狗啃噬。要不就是大规模地掩埋。人们对于死亡变得无所顾忌，甚至对生命也变得漠不关心。今天是你，明天是我。为什么要悲伤恸哭？为什么要悼念亡者？人们只有一个呼求：在这场战争中取得胜利。其余一片死寂。先生们，你们怎么认为呢？在这个金钱比生命更重要的年代，我们还应坚持敬畏死亡吗？如今，还剩下什么？娱乐？地位？穷人甚至会因为报纸上或广播里一条亲人去世的消息而陷入债务。然后是街谈巷议，先生们，到处是闲言碎语。有多少人参加了葬礼？葬礼上收到了多少份子钱？棺材是什么样的？墓坑是用水泥铺的吗？塑料的花，虚情假意的眼泪。一年后会有一则针对亡者的广告：

爱你。想你。虽然一年已经过去，但对我们来说，你像是今天才突然离开所爱之人，甚至来不及告诉他们你最后的心愿是什么。亲爱的，你一直就是那颗引路星，将永远在那里闪耀。

你们知道，他是对的。对穷人来说，连死都是耻辱，甚至教堂都不愿正经地接纳穷人，尽管神父会快步来到濒死者的床前，抓紧把这个可怜的家伙送上沉重的旅途，替耶稣认领又一个受害者。你们看吧，瓦希尼亚的死，一个穷人的死，就这样起作用了。

我不知道这里面有多少是真实的，但据说每个候选人都提出给死者的妻子一笔钱，前提是她把葬礼上的一切安排和独家致辞留给自己……你们说，她该拍卖这项权利？也许吧……也许。但这只是传言。我所知道的事实——公开的事实，是这位妻子和她丈夫的遗体突然消失了。你说被偷了？某种程度上来说，是的。传言说，这事和 J.J.J. 有关。其他人马上召开公众集会，声讨这一行为。怎么能偷遗体呢？一个领导者怎么能对死者如此不敬，如此不顾公众的感受呢？人们都觉得被这出葬礼闹剧给骗了。他们嚷着：交出遗体！交出遗体！会场一片骚动，以至于警察都出动了。尽管如此，公愤依然不能平息。遗体！遗体！人们嚷着。J.J.J. 向来冷静，这会儿也擦了一两次脸上的汗珠。是大学生挽救了局面：他建议成立一个委员会，不仅调查这起遗体失踪案，还要从整体上解决穷人的葬礼问题。所有竞选者都是这个委员会的

130

成员，还有一些中立者。谁来负责？大家争论不断。重担落到了分部主席的身上。之后所有候选人都来讨好他。传言愈演愈烈。支持者成群结队地跟着委员会在村里游走。然后，奇迹中的奇迹出现了。瓦希尼亚的妻子就像她突然消失一样，又突然出现了，但她拒绝透露之前的行踪。更有甚者，遗体出现在市太平间。这引发了更多传言。没有哪个啤酒聚会不在谈论这件事。委员会审议的口述简报刊登在日报上，成了所有酒吧的热议话题。人们从主席那儿了解到有关葬礼安排的每一个细节。一夜之间，可以说，瓦希尼亚从一个死人成为选举中最关键的因素。人们窃窃私语：谁是瓦希尼亚？他的生平被一一挖了出来。许多人都自称和他有非同一般的关系，讲述着与他之间的精彩故事。因为死，他比生前更有名气。因为死，他成了每个人最亲密的朋友。

我？当然，先生们，我也一样。我曾在他人生中三个不同的阶段遇到过他：他当搬运工时；在公交车上执勤时；以及最近的守夜人。我可以说，他从满怀希望到绝望酗酒的人生历程正是我们这个时代的故事。但先生们，怎么回事？你们没在喝酒了吗？小姐，小姐……快给这些先生上酒……噢，算了……等他们喝完这一轮……好的，先生们……喝酒，开心点……生活是——我告诉你们，没什么大道理可讲……没有说教，请允许我再说一遍：瓦希尼亚迅速走向坟墓的故事就是我们这个乱世的缩影！

整个酒吧安静下来。我试图抿一口啤酒，但刚端起酒杯就放回了桌上。不止我一个人这样。所有半满的酒杯都静静地放在桌上。所有人都聚精会神地听着这个故事。讲故事的人，手拿一杯啤酒，呆呆地望着地面，似乎突然凝重的气氛打断了他的思路。他放下酒杯，声音也低沉了下来。

我第一次遇见他是在二十世纪六十年代，他又开始讲起来。如果你们还记得，那些年，梦想就像风中的花香，飘洒在村子的空气中。后来，关于自由的传言让人们每天担惊受怕，永远不知道明天会发生什么：如果某件事——但是不会，没有意外会阻拦那一天的到来，门会打开。试想，在流了那么多鲜血……那么多鲜血后，要推选我们的子孙做黑人权力的发言人！

你们能想象，他也曾有梦想，对未来怀着美好的期望。我想，即使在弯腰背负糖、玉米粉、马加迪盐和苏打粉的麻袋时，他也依然活在自己的世界里。鲜花处处的田野上有豌豆和青豆。孩子们快乐地追赶着蝴蝶和蜜蜂。一个值得期待的世界，一个可以征服的世界。等到明天吧，主啊，明天。他长得高高瘦瘦，但一双清澈的黑眼睛坚定有力，充满了希望。你可以想象，这个时候，背上扛着的糖袋不重，他的四肢充满新生的力量，他是故事中那个力拔山兮的巨人，吹口气就能把树吹向天空。树木、树根、树枝都在高高的天空中盘旋，化作羽毛随风飘散。飞走吧，鸟儿，庭院里的小家伙，从沙里捡到粟米再回来。他会放下麻袋，看着鸟儿飞向未知的天空，他的梦想也随之翱翔在天际，他心灵的眼睛看着这深藏明日希望的地平线，视野愈来愈模糊。然而，从商店某个角落里传来他的印度老板的吼声，把他拉回到现实中。快点装货，你这个懒小子。钱你要，活却不干！你以为钱是从地里长出来的还是从天上掉下来的！接着老板就打他。瓦希

132

尼亚无奈地叹气。他毕竟只是"舒克拉和舒克拉"商店的搬运工，就像他背上的货物，只是一个东西罢了。

"舒克拉和舒克拉"就是我遇到他的地方。之后我在色里安纳寄宿学校读书。那时，这所学校就像传教所，我的意思是，它有太多的规定和限制。比如，除了周六下午，我们绝不可以出校，即使出去，也不得超出方圆三英里的范围。丘拉镇上有十几家印度人开的商店和一个邮局，无论体力上还是经济能力上，这是我们唯一能去的活动中心。口袋里装着十美分、五十美分或者一先令，我们带着决心走去那里，仿佛要完成重大使命。在各个商店间兜兜转转之后，我们会在"舒克拉和舒克拉"买一罐芬达汽水或一些马兹瓦尼软糖，这一天就不再有别的想法了。我一整个学期的零花钱从未超过两先令，所以去丘拉镇时，我并不期望自己能买芬达汽水、炸面包或马兹瓦尼软糖，让周六下午的外出更圆满。一块糖、一罐汽水对那时的我来说就是全世界。你们笑了。但是你们知道我有多嫉妒那些同学吗？他们昂首阔步地行走在那个世界而不受责备，甚至家里还有更好的东西等着他们。我一走进商店，就必须谨防碰到我的朋友。我不得不撒谎说还有重要的事情要办，他们也知道我在撒谎。你们能想象我有多担心自己被戳穿吗？

瓦希尼亚准是识破了我的心思。我记不清我们第一次是怎么相遇，又是谁先开口的。但我记得最初见到他时的尴尬，他的衣服破旧，脸也脏兮兮的。感觉我要被他拉低层次了。别的男生会怎么看我？在学校，人与人之间很快就会被分成三六九等。为了不让我的校服磨损，我在家也常常穿破衣服，饿着肚子上床睡觉。我们聊了几句后，我很快发现我们有着相同的家庭背景。我们都来自伊尔莫罗戈。我们都没有父亲：我的父亲死于"查加"中毒，他的父亲则死于森林战斗。所以我们都是由母亲辛苦拉扯大的。我们上的小学是同一类：卡林的私立学校。不过，我的小学受殖民区教育局管辖，而他的小学已经停办，教学楼也被英国人烧了。所有非洲人创办的学校都被怀疑在为争取自由的运动提供帮助。

就这样，出于偶然，我们走上了不同的道路。虽然我们有相同的经历，但我还是感觉稍稍高他一等。内心深处，我其实是担心他影响我在学校的地位。但他会时不时地把二十或五十美分偷偷塞到我手里。我因此十分感激他，并消减了最初对他的反感。于是，我通过接受他辛苦赚来的钱，得以继续撒谎掩藏我的身份，让自己看起来与其他同学一样。我也由此成了他梦想、志向和未来人生规划的承载者。

"你很幸运。"瓦希尼亚每次都这样开头，眼里闪着光。他告诉我，他有多渴望上学，在不同的班上取得过怎样的成绩。"从一年级到四年级，我从未落在第三名之后，尤其是英语……没有人能超过我……还有历史……还记得我们学过的那位非洲国王吗？他叫什么名字……恰卡，还有莫修修……他们如何用石头、茅枪，甚至赤手空拳打败英国人……还有韦亚基、勒邦、姆旺加和南迪，他们都与英国军队作战过……"他会变得兴奋，一个接一个地细数着非洲英雄先辈的名字。但我在色里安纳学到的历史完全不同。我真的很同情他。我想告诉他真实和正确的历史：凯尔特人、盎格鲁—撒克逊人、丹麦人和北欧海盗、征服者威廉、德

134

雷克、霍金斯、威尔伯福斯、尼尔逊、拿破仑，等等，他们才是真正的历史英雄。但我又想，他是不会理解中学历史的，而色里安纳的教育是出了名的一流和严格。他无论如何都不会给我机会说的。因为他正仰仗他的英雄过当下和未来的日子："你在色里安纳也学这些历史吗？可能更难理解……我以前总是画那些战役的草图……老师也非常喜欢……他还让我到黑板上去画……你知道吗，用粉笔、黑板擦和大大的T形尺。你知道吧？"他问我关于色里安纳的事情：都有哪些学科，都有什么样的老师……"欧洲人吗？他们会打你吗？白人教授用鼻音说英语，跟他们学习难吗？"他说话的时候总是看着我的夹克和绿领带，还会摸一摸用拉丁文写着的校训和徽章。我常常觉得他在我这儿享受着色里安纳学校的一切。我成了他努力奋斗的榜样，尤其在传言白人要离开以后。

先生们，那就是我对瓦希尼亚的印象：一个从未放弃接受高等教育梦想的男孩。他总是看着远方，眼里带着些许迷离，对"舒克拉和舒克拉"的一切感到不耐烦，觉得时间过得太慢。"这个工作……只是暂时的……再过几天……再攒一点钱……啊，我就可以回学校去了……你觉得我能做到吗？……我们的老师……他是个很好的人……常常教我们唱歌……我嗓子不错……改天我唱歌给你听……他常常告诉我们，不要一看见白人造的东西就瞪着眼睛：别针、枪、炸弹、飞机……一个人能做的，另一个人也能做，而且能做得更多、更好……总有一天……不过算了！"他总是突然中断对老师的引述，眼神更迷离了，有那么几秒，他没有跟我说话。然后好像公然挑衅命运本身似的，他会重复老师说过的话：一个人能做的，另一个人也能做。报纸，也就是印刷的文字，让他着迷。他的口袋里总是装着一份旧的《旗帜报》，在奔波于两份工作的间隙，他会拼写单词，弄懂词义。"你觉得有一天我能读懂它吗？我想不查词典就能读懂它。像白人一样用鼻腔发音，嗯？虽然现在你看我读不懂这些单词，但总有一天我会轻松读懂的……就像喝水一样简单……这个词是什么意思……死……死……死的……死的锁……锁怎么会死呢①？"不得不承认，我被他的热情和坚定的信念所感染，尤其在那个钱包瘪瘪、天空中时不时响起枪声的年代。

先生们，你们已经不喝酒了。除了喝酒，我们还能干什么？酒能让我们暂时抛开恐惧、担忧和记忆……但我仍然不能忘记最后一次在丘拉见到他的情景。也是一个周六下午。他在铁路道口等我。对于这次见面，我有点不知所措，假装不经意地走过去，用冷静的口气和他说话。他却很兴奋。他走在我旁边，用惯常的语气和我说话，然后从口袋里抽出一样东西。一份旧的《旗帜报》。"看这个……看这个。"他翻开一页说，"读一下……读一下。"他边说边把整份报纸猛塞进我手里。但当我们向"舒克拉和舒克拉"走去时，他仍在我的肩膀上方看着。

你怀念国外学生航班吗？

你可以在国内学习国外课程。

想接受高等教育吗？请抓住机会！

---

① 原文是 deadlock，意为"僵局"，拆开后得到 dead（死）和 lock（锁）。

136

想要一份美妙的工作吗？请抓住机会！

别忘了联系我。

申请学校：

英国

布里斯托尔

速成大学

附注：我们提供一切从小学到大学的课程。

你还记得去美国和欧洲的航班吗？瓦希尼亚在我身旁雀跃着。他一股脑儿问了我许多问题。我对函授学校一无所知，但不敢让他看出来。我试着对函授作出轻蔑的评价，但他对我这扫兴的回答不以为意。他的高等教育梦想就要实现了。"我能做到的……我会做到的……自由即将来临，你知道……自由……更多更好的工作机会……更多的钱……甚至可以拥有'舒克拉和舒克拉'的股份……这些印度人就要走了，你知道……钱……但我真正想要的是，有一天能用鼻音朗读《旗帜报》……"我让他独自站在"舒克拉和舒克拉"前，凝视着那份报纸，他的眼里也许满是希望的光芒，渴望得到有尊严的未来。没有任何东西可以打破他的信念、他的希望、他的梦想，即使这片土地还需要时间，从战火纷飞、集中营和破碎的家园中恢复过来。

我继续我的学业，为即将到来的考试做准备。大多数同学都通过了考试，并被马凯雷雷学校录取，那是当时东非唯一的一所大学……不，不完全是……还有达累斯萨拉姆大学……但这所学校刚开办。没有昂贵的学费。没有规定和限制。我们穿着精仿羊毛衫，抽烟，跳舞。我们甚至还有零用钱。自由来临。我们又唱又跳，流下喜悦的泪水。明天。黎明。自由。黎明。我们拥入坎帕拉大道，手牵着手，齐声歌唱。自由。黎明。我记得，那是一种集体式疯狂，那些和我们一起迎接自由的女人也知道，她们纵情狂欢。我们每个人都一样。但是我敢肯定，没人意识到那晚发生的事情究竟意味着什么，我们在接下去的几年中才意识到。也许瓦希尼亚是对的。上帝啊，多不可思议的几年！我们听闻了奇怪的事情：所有在马凯雷雷完成学业的人正在受训，准备成为行政长官、劳工事务官、外交官、外事长官——全都是欧洲式的工作。自由。黎明。另外的人则在壳牌石油公司、美国德士古石油公司、美国埃索石油公司和其他石油公司工作。我们等不及轮到自己了。自由。黎明。一些人来参加了推迟的毕业典礼。他们穿着深色西装，开着跑车，身边还有穿高跟鞋的红唇女郎。他们谈论着他们的工作、他们的跑车、他们的雇员、他们摆着红木家具的办公室，当然还有他们来自欧洲和亚洲的秘书。所以这是真的。不再是传言，不再是难以置信的故事。接下来就是我们。

我们不再梦想拥有糖果、芬达汽水和姜汁汽水。跑车成了我们的世界。我们相互比较着：大众、小奇迹、福特豪华版、法国标致、飞鹰。梅赛德斯·奔驰是我们不敢想象的。无论如何，我们马上就能住进欧式大厦、在欧式宾馆用餐、在欧式海边度假村打高尔夫球，这已经是个奇迹。憧憬着这一切，我怎么可能还记得瓦希尼亚呢？

在毕业前的最后假期里，一个周六，我坐公交车去城里，梦想着自己即将拥有的世界。凭借经济学与商业学位，大多数公司的任何工作我都唾手可得。房子……车子……股份……定居区的土地……这些在我的脑海中回旋，这时我突然发现我坐的公交车不再单独行驶。它正在和另一辆名叫"信主一号"的公交车赛跑，鲁莽而疯狂。我用双手捂着肚子。两辆公交车并排飞驰在路上，迎面驶来的车辆被逼停在路旁。我感到我美好的未来极有可能要被这次不负责任的公交车赛断送了。那些执勤生敲打着车身，吵着让司机加速：难道这车得了肺结核吗？同时，他们指着另一辆车上的执勤生嘲弄、谩骂。他们爬上行李架，又像猴子一样从上面荡下来，来到车的一边。他们这是在拿生命开玩笑，就像我曾在印度马戏团看到的死亡骑行者。车里高度紧张、令人窒息。某个时刻，有个女人因为极度紧张而尖叫起来，那似乎激起了执勤生和司机的斗志。突然"信主一号"超了上去，我们车上的执勤生一脸失望，而乘客的脸上则露出放松的表情。这时我才敢朝那些执勤生看了一眼，发现其中有一个不是别人，正是瓦希尼亚。

他上了公交车，不断地摇着头，好像对这一切感到难以置信。他看上去更虚弱了，但他脸上轮廓分明，变得成熟了。我偷偷地缩在座位上，避免跟他接触。但他肯定看到我了，因为他的眼睛突然亮了。他一边朝我冲过来，一边大声喊着我的名字，全车人都听到了他的喊声。"我的朋友，我的朋友。"他喊道，紧紧握住我的手，坐到找身旁，使劲拍了拍我的肩膀。他比以前外向了，尽管努力压低声音，但他的声音还是盖过了其他人。"你还在马凯雷雷读书吗？你可真幸运啊！还记得我们在丘拉的日子吗？那些印度人……他们从未离开……就那样把我开除了……好在我们的人在变强大……就像这个公交车老板……以前他只是个小巴司机……现在他有了十辆公交车……总有一天他会拥有超过十万先令的财产……不错吧？你得快点完成学业，兄弟。像你这样受过教育的人可以贷款。你可以创业……就像这个公交车老板……你认识他吗？他是这个区的国会议员……约翰·乔·詹姆斯，你可以叫他J.J.J.……告诉你实情吧，这正是我想做的事……存一点钱……买一辆二手标致……从开小巴干起……告诉你，没有什么比交通业来钱更快了……除了买房出租……司机，加点油。"突然，不得不说，我终于松了一口气，他站起来，沿着没人的过道冲过去。他得监视另一辆公交车。乘客的比赛重新开始。

我离开了，有点悲伤。那个渴望通过函授得到海外教育的男孩怎么了？我不再去想这件惊扰我梦想的事，试图重温内心期待美味佳肴时的幸福感觉。但这场死亡竞赛使我精神不振。

嗯？再来瓶酒，让我缓口气？来吧，美妙的红酒……精彩的故事……先生，怎么啦？再喝点……我说，一次畅饮就是生命之血。

你们真该看看毕业一周后的我们。我们狂喝狂饮。天堂之门打开了，因为我们拿到了钥匙……钥匙……芝麻开门。告诉你们，一开始工作，我们才知道情况不容乐观。我在一家商业公司工作，所有重要职位都被白人占据……专家，你们知道……受训时间很长，考验着人的耐心……尤其是独立后的四年……现在还这样吗？从某种程度上来说，是的……那些所谓的专家，明明技术不如你，却挣得比你多……还掌握着实权……但我还说不上对此失望……如果你努力工作，就能得到你想要的……再向政府和银行贷款……前段时间，我买了一块地……一千英亩……几百头牛……我的经理是欧洲人……这个"花园"经营得还不错。所以我才有几个小钱喝喝酒……时不时地……这家酒吧一直是我最喜欢的……给我一种回到家的感觉……还可以看看热闹……老乡……毕竟人都有志向……偶尔他们也会雇美丽的酒吧女招待……男人需要生活……不是吗？这里就有一个……臀部丰满……人们叫她梅赛德斯……我喜欢丰满的臀部……总之，有一天我很想要她。我朝守夜人使眼色。我低头在一张钞票背面写了一句话：她今晚有空吗？然后我抬起头。守夜人已站在我面前。他穿着一件大外套，戴着一顶帽子，手里紧紧攥着一根手杖。我觉得那是一根新的手杖。然后我们四目相对。天啊，是瓦希尼亚！

　　他一时间迟疑了，一阵短暂的犹豫。"是瓦希尼亚吗？"是我先开口，同时不由自主地伸出手去。他握住我的手，然后略带拘谨地回答："是的，先生。"但我察觉到他的嘴角挂着一丝讽刺的微笑。"你不记得我了吗？""我记得。"但他的声音和举止中没有认同感。"你想要点什么？"他礼貌地问道。我的心沉了下来。我感到尴尬。"和我喝一杯？""我会把账单送过来。但如果你不介意的话，我等会儿再喝。我们有规定，客人在的时候不能喝酒。"然后他回到自己的岗位上。我没有勇气把那张写了字的钞票给他。黑夜中，我怒气冲冲地开着我的梅赛德斯·奔驰220S回了家。我能为他做点什么？他的梦想怎么了？他的眼里没有任何活力，他的梦破碎了。下一个周末我又去了那里。为了那个酒吧女招待。她的整个身体都充满魅惑，似乎在说：来吧，来吧。但我

141

应该把小纸条递给谁呢？我又把守夜人叫了出来。我辩解道：他毕竟受雇于这家酒吧，提供这项服务。他也为别人传纸条，不是吗？我把小纸条给了他，朝那个丰满的酒吧女招待的方向点了点头。他笑了，眼里没有光，机械地按照客人的吩咐去做。他带着另一张小纸条回来了："有空，14号房间，现金。"我给了他二十先令。我还能怎么办呢，小费……两先令的小费……他照样精准而机械地接受了。瓦希尼亚！竟然落魄到给男女做秘密交易的中间人！

偶尔他会醉着来上班，从他通红的眼睛就能看出来。他会找人说话，吹嘘自己有过几个女人，能喝多少酒。然后他便扯着嗓子，要几个铜板去买烟。我很快就知道了他是怎么失去执勤生这份工作的。他的公交车和另一辆在赛车时相撞。死了许多人，包括司机。他自己也受了很严重的伤。伤愈出院后，他就失业了。J. J. J. 甚至没有给他一丁点补偿……他说起这件事时总是十分狂躁。不喝酒的时候，他沉默寡言。但是几周过去了，几个月过去了，他清醒的时候越来越少。他成了酒吧的常客。他总是预支整个月工资来买酒喝，月末不得不向人讨一杯酒或五十美分。他开始喝"奇鲁鲁"和"查加"。这时候，他满脑子都是不切实际的梦想和不可能实现的计划。"别担心……我会死在一辆梅赛德斯·奔驰里……不许笑……我会存钱，做生意，然后就买一辆……容易……等我有了车，就不工作了。我会像德拉梅尔勋爵一样活着和死去。"人们便叫他瓦希尼亚·奔驰。我常想，他是否还记得丘拉的日子。

一个周六的晚上，他走过来，坐在我的旁边。这个举动让我吃惊，因为他当时很清醒。我给他点了一杯酒。他拒绝了。他的声音平静而缓和，但眼里闪着曾经的光芒。

"你现在把我看成废物。但我常常问自己：情况会有不同吗？——如果我有机会，像你们一样接受教育。你还记得我们在丘拉的日子吗？啊，那是很久以前了……恍如隔世……那个函授学校，你记得吗？我从来没有赚够钱。后来有了妻子和孩子，存钱就更难了。不过，也算是慰藉。啊，就差一点钱……差一点教育……学校……我们的老师……你还记得他吗？我过去常跟你提起他。他是怎么教导我们的？一个人能做的，另一个人也能做……一个民族能做的，另一个民族也能做……你觉得是这样吗？你受过教育，去马凯雷雷读过书，甚至可以像科伊南格的儿子那样去英国攻读硕士学位。告诉我，真的是这样吗？对于我们这些连一个英语单词都不会说的平民来说，真的是这样吗？这么说吧，我不怕干重活，也不怕流血流汗。老师过去常教导我们：民族独立后，我们必须努力工作。欧洲人之所以能达到现在的成就，是因为他们努力工作；而一个人能做的，另一个人也能做。他是个好人，一直都是，他常常跟我们讲起伟大的非洲人。然后有一天……有一天……你知道，我们都在上学……然后一些白人来了，纨绔子弟，把他从我们的教室带出去。我们惊恐地爬上泥墙。几码外，他们粗鲁地把他往前推，开枪打死了他。"

瓦希尼亚酗酒越来越严重，因此被解雇了。我从没见过他最落魄时的样子，当时我因进步银行的国际业务在国外出差。但就算现在，在我说话的当儿，我依然能感觉到他就在我身边，吹牛，大谈梦想，喝得醉醺醺的，还有最后一次见面的情景。

讲故事的人接连灌下了一两杯酒。我也喝了几口。好像我们刚目睹了令人不悦的场面，想用酒冲刷掉那段记忆。过了一会儿，讲故事的人用冷漠和讥讽的夸张语气来打破这一阴沉的气氛："先生们，你们看，时来运转。瓦希尼亚死后成了显贵，连他之前的雇主 J. J. J. 也争着要他。"但他骗不了任何人。他已经没法恢复原先轻松的氛围，毕竟我们已将丘拉的那段经历抛到脑后。瓦希尼亚，一个我未曾谋面却又似曾相识的人，打破了我们喝酒时的平静。有人说："可惜他从未拥有自己的梅赛德斯·奔驰——哪怕只是开一下。"

　　你们错了，讲故事的人说，从某种程度上来说，他有奔驰了。你们在摇头，先生们？给我们来点酒，小姐，再给我们来点。

　　多亏了那些候选人互相竞争，尽管他们都是负责安排葬礼的委员会的成员，但他们不同意合作。你们看，每个人都只想实施自己的计划，每个人都想成为唯一被提及名字的捐赠人。委员会在混乱中开了一两次会议，最终通过了一个初步方案。

　　第一项，钱。每个候选人捐赠的数额将在葬礼当天公布。

　　第二项，交通。J. J. J. 曾提出用他妻子的"购物篮"（崭新的浅绿色科尔蒂纳 G. T.）把遗体从市太平间运过来，但其他人反对。最终决定，四个人租一辆中立车（标致家用小轿车），费用均摊。

　　第三项，墓坑。依旧是四个人均摊挖坑和铺水泥的费用。

第四项，棺材和十字架。在这项花费上，他们不同意均摊。每个人都想成为棺材和十字架的唯一捐赠者。告诉你们，他们中没有任何一个是真正的信徒。最终他们作出妥协：一起出钱买一口中立的棺材，把遗体从太平间运往教堂，再运往墓地。但每个人可以带上自己捐赠的棺材和十字架，然后让参加葬礼的人从中选一个最好的。众人参与的民主。

第五项，葬礼上的致辞。在展示各自带来的棺材和十字架前，给每个候选人五分钟的时间演讲。

第六项，日期。即使在这一点上，也有很大争议。但大家都觉得周日最合适。

在那之前一周，先生们，每天晚上，每个酒吧都坐满了来议论这件事的人。市场上挤满了人。公交车里人们不再谈别的话题；值勤生有了大显身手的机会，给乘客讲述瓦希尼亚的故事。没有人再去讨论候选人的优缺点：所有的地方都不再出现其他话题。只有瓦希尼亚和他的葬礼。

那个周日，人们满腹狐疑，信教的、不信教的、清教徒、天主教徒、穆斯林，还有一两个刚转信拉达克里希南的，全都拥到伊尔莫罗戈长老会教堂。这在伊尔莫罗戈是史无前例的，所有的酒吧，甚至以非法经营"查加"著称的酒吧，都空无一人。那个周日的早上，伊尔莫罗戈就像一座鬼城。远近村子里的人也成群结队地来了。有些住得特别远的人，甚至租了大巴和卡车赶来。布瓦纳·所罗门神父也穿着华丽的镶满金银的深色长袍早早前来，通常情况下他是不允许非圣徒的遗体进入神圣的教堂的，当然达官显贵除外。他主持的仪式令人印象深刻，尤其在他用优美的颤声布道时："温柔的人有福了，因为他们必承受地土；怜恤人的人有福了，因为他们必蒙怜恤。"布道结束后，我们走路、开车、坐大巴和卡车去了墓地，那儿已坐了更多的人。好在扩音器已由细心周全的行政长官提前安置好了，即使坐在最边上的人，也能清楚地听到演讲和葬礼致辞。祷告之后，所罗门神父再次用他优美的颤音俘获了所有人的心。每个候选人所捐的数额得以公告。

企业家捐了七百五十先令。农场主捐了二百五十先令，J.J.J. 捐了一千先令。听到这里，企业家冲到话筒前，宣布再加三百先令。对于企业家额外的馈赠，人群中发出一阵轻声的赞许。最后是大学生，他只给了二十先令。

我们都屏息等待他们捐赠的棺材和十字架。对于从谁开始，发生了一点争执。每个人都想最后发言。大家抽签。最后按照大学生、农场主、企业家和 J.J.J. 的顺序进行。

大学生扯了扯他的卢蒙巴山羊胡。他抨击富有却招摇的人。他谈到工人。简朴生活，努力工作。那应该成为我们国家的座右铭。为了遵循这一座右铭，他准备了简易的木质棺材和木质十字架。毕竟耶稣原来就是个木匠。大学生走下台时，一些人报以嘲笑。

接着是农场主。他也推崇简朴生活和努力工作。他信赖土地。作为政府官员，他一直鼓励瓦希尼亚通过耕种来表达自己的爱国情怀。他的也是简易的木质棺材和木质十字架，只是有一点不同。他雇了一位很受欢迎的画家——曾为酒吧绘制美人鱼等壁画，他在棺材上画了一头绿色的奶牛，奶牛的乳房和乳头都充盈

146

着牛奶。人们忍不住开怀大笑。

企业家将为我们带来什么呢？他穿着深色西装，挺着啤酒肚，站在那儿，大家对他的期待提高了。尽管前面两人表现不够出色，但人们并不感到厌烦。对于世界上所有像瓦希尼亚这样的人来说，他们需要的是一个公平的机会。有机会可以分一杯羹，这样就算他们死后，也可以给孤儿寡母留下得体的避风处。企业家喊来他的手下。他们打开棺材。那是一口精心制作的棺材，和希尔顿酒店的外形一样，有楼层和玻璃窗户。人群中传来赞许和满意的口哨声，就像在戏院看戏时遇到精彩的转折。他的手下展开遮布：一条洁净无比的白床单，引来更多赞许的呼声。企业家走下台来，脸上带着刚打破多年纪录的运动员似的神情，而他创造的纪录将在很长一段时间内无人企及。

现在，所有人都等着J.J.J.出场。他在国会六年的职业生涯使他成为一位娴熟的表演者。他从容不迫地走上来。他的皮革公文包鼓鼓的，塞满了文件。他把他的象牙拐杖和扇子放到一边。他的啤酒肚很大，倒也和他的身高相配。他大谈自己是如何长时间服务大众的，有哪些经验。他说，在远古年代，人们根本不可能让一个未受割礼的人去领导一支国家军队，他一边说着，一边带着轻蔑的眼光瞥了一眼他的反对者……他总是在为穷人抗争。但他绝不会在这种悲伤的场合拿一篇冗长的演讲来烦扰大家。他不想把政治带到这样一个属于逝者的场合。他唯一想做的就是向死者献上崇高的敬意，也向死者生前的愿望表达敬意。瓦希尼亚死前常说……但是等等！他这么说，就是给他的手下发出了暗示。一口裹着鲜红布料的棺材抬了上来。他们慢慢地打开红布。

人们全都趴在前排人的后背上，伸着脖子，想要看个究竟。突然，人们看到那口被高高举起的棺材，不由自主地发出了叹息。这根本不是一口棺材，而是一辆完美的梅赛德斯·奔驰660s模型，有车门、车窗，还有红色的窗帘和百叶窗。

J.J.J.让大家的这种情绪尽情地流淌，任其发展。这只是为了表达对死者的敬意，他继续说，好像什么都没有发生似的。瓦希尼亚兄弟死前曾说，他的愿望就是死在一辆奔驰里。这是他最后的愿望：我说了，让我们遵从死者的遗愿吧。他把一条白色的手帕拿到眼前，同时举起那把扇子回应期待中的掌声。

但不知怎的，压根没有掌声；连小声的赞许都没有。出事了，我们都感觉到了。就好像一个精心准备的笑话却没让人笑起来，根本没有达到预期的效果。我们都成了公开场合一次有伤风化的行为的目击证人。人们纷纷起身，开始离场，好像都不想与这一行为有关。只留下J.J.J.、他的挑战者和他们的手下，站在挖好的墓坑旁边，毫无疑问他们都不清楚到底怎么了。突然，J.J.J.回到自己的车上，开走了。其他人也很快都走了。

瓦希尼亚由他的亲朋好友放进一口简单的棺材埋葬了。当然，这口棺材是由所罗门神父祝福过的。

关于选举，我的意思是选举的结果，无可奉告。你们知道，J.J.J.依旧在国会工作。但一直有一些关于他操纵选举的流言蜚语。大学生获得上百个赞成票，回到了学校。我相信，他已毕业，拿到商业学位，像我一样在银行工作。他贷了一笔款，从非本国国民的印度人手中买了好几套房，成了城里有名的地主。一个欧洲房地产代理商在帮他打理那些房产。

企业家则彻底完了。他深陷借贷危机。他的商店和三英亩田产都被拍卖了。J. J. J. 买下这些资产，又转手卖出去，大赚了一笔。农场主也破产了。他当时以为竞选上国会议员自然就有钱了，就卖掉了高级奶牛——都是顶级的荷兰乳牛。J. J. J. 确保让他再也没能回到原先政府官员的职位上。

如果你去马奎尼的"查加"酒吧，也就是瓦希尼亚在最后的日子里常去喝酒的地方，你就会看到那两个破产的人，现在他们成了最好的朋友，正等着别人给他们买一两罐"查加"。他们会跟你说，这酒只要五十美分。

J. J. J. 依然开着他的梅赛德斯·奔驰——现在是660s了，和我的一样，他总是狐疑地看我！这是四年前的事了……世事难料啊。

先生们……最后来一杯，怎么样？

瓦本兹人 ①

　　一个人对监狱最深的印象是它的臭味：屎尿的臭味、汗液和口气的臭味。所以当瓦鲁西乌努力躲避过往的人群时，并不只是害怕别人会认出自己。谁会认出他来呢？他的族人中没有人住在这里。人群急匆匆地拥向锡棚屋，拥向脏兮兮、泛白的墙，上面涂满了诸如"×你妈的"的标语，甚至人行道也被乱涂乱画了。主啊，多么不堪的家！这群人一直不是他的同类。瓦鲁西乌永远无法忍受在满溢的马桶旁还有烤肉嗞嗞作响的臭味：他和他的族人总是绕开这些非洲人聚居区，或者老老实实地循着马路走。现在，他闻到这股臭味，让他想起了监狱。是的，这是监狱的味道，不会错。有人担心，瓦鲁西乌也同意，这股臭味会吓跑他们珍贵的猎物：游客。所以这些聚居区被驱逐到距离市中心和体面的住宅区数英里之外，并由从英国父辈那里继承权力的瓦本兹人维护现状。"保持城市清洁。"但是这些人一点都不像犯人，他们笑着又叫又唱，公然反抗，自得其乐，抵挡住恶臭和污秽的侵扰。瓦鲁西乌猜想每个人都能闻到他身上的臭味，并知道他从哪里来。这身衣服和光秃的脑袋上长出来的几撮稀疏的头发，却

---

① 指肯尼亚新的统治阶层，往往开着奔驰等豪车，故得名。

150

没什么可乐的。关于监狱的记忆让他心里滴血。他再次猜想，别人一眼就能看穿。他仿佛看见这些声音聚集在一起，对着他嘲笑。他们将获得复仇的机会：有个瓦本兹人就这样堕落了。奇耻大辱。记忆中，床就是冰冷的水泥地，他跟其他囚犯一同修剪草坪，穿着印花短裤和上衣，还有永远在一边站哨的非洲民兵，这一切的分量都不及这份耻辱。在接下去的若干年里，他的朋友和妻儿都会承担这份耻辱。"你爸爸进过监狱。不准你和我们玩，小偷的儿子。""爸爸，你知道他们在学校怎么说吗？"孩子哭着说，"这是真的吗？真的吗？"邻居摇着头说："真弄不明白，一个这么有学问、收入这么高的人，怎么会做出这种不符合身份的事。"奇耻大辱。

这是最令他怨恨的。他上过大学，获得了不错的学位。他是村里唯一有如此成就的人。村里的人得知他要去上大学，无论男女老少，都聚到他家来。"你们有个了不起的儿子！"父母自豪的脸上似乎连皱纹都消失了。这一刻，父母心中充满荣耀和认同，这是对他们在定居区付出的所有辛劳的回报。他是整个村的儿子，他会把白人的智慧带到村里来。当他要离开的时候，离别已不仅仅是他和父母之间的事。甚至周围村落的人都来践行。溢美的歌声响起。姑娘们投来仰慕的眼光，连年轻的小伙都收起嫉妒，对他以礼相待。村里神父也来了："带上这本《圣经》，它将成为你的矛和盾。"长老也来了："永远记着你的父母。我们都是你的父母。永远不要背叛村民。"这一切对他来说意义重大。上火车时，他发誓以后一定要回来回报村民。既是誓言，也是承诺。

大学是个全新的世界，地方不大，却更广阔、更充实。新鲜的面孔，新奇的思想，他和同学一起谈论世界上魅力无穷的各种成果。白人要走了。有工作，有生活。他依然铭记着那个秘密的誓言。他将永远与村民共命运。

大学三年级，他遇见了露丝。不如说，他爱上了露丝。他常在学校的舞会和其他社交场合见到她。当露丝允许他送她回宿舍时，他明白，没有露丝，他是不会幸福的。啊，露丝。她很会打扮，懂得搭配颜色。正是露丝掀起了校园里直发和假发的潮流。其他男孩常说，你没去美国，却搞定了正宗的黑人女孩。显然，他们很嫉妒，这更让他感到骄傲和快乐。他忍不住想在大学里举办一场婚礼。露丝也想要。这很好。当露丝在镜头前靠在他身上时，他感到无比自豪。他突然希望父母在场，与他分享这一刻：他们的儿子和露丝。

他不该邀请父母吗？后来他问自己。露丝的父母就来了。露丝事先没有告诉他，是要跟他开个玩笑，给他一个惊喜。也许这样做也对。露丝的父母非常有钱。带着些许怀疑，他想，或许他该再等一等，然后和一个了解他们村子及其习俗的女孩结婚。可是，他能找到一个和自己知识水平相当又能满足自己社交需求的女孩吗？他这是在犯傻。他爱这个女孩。哦，我的黑人女孩，一个非洲人。设想一下，假如他去英国或美国，娶了一个白人女孩，那才是真正的背叛。他仍然认为自己本该邀请父母，并发誓今后绝不再这样马虎了。无论如何，他会带着露丝和辉煌的学历回家。这样想让他感觉好多了。他把家乡的一切和那个秘密的誓言告诉了露丝，并说："我希望你会幸福地生活在那个村子里。""别傻了，我当然会幸福。你知道我的父母都不识字。好了，好了，别自寻烦恼，好像我不是非洲人似的。你不知道我有多讨厌城市，我想成为大地的女儿。"露丝家很早就信奉了基督教，他们抓住开发新世界的商机，从而致富。她从小在城里长大，乡村生活对她而言有些陌生。但她的一席话消除了他的疑虑，他感觉好多了，也更爱她了。

他的回乡宛如凯旋，人们拥进他父亲的院子里，想一睹风采。"她像个白人，"人们不无羡慕地耳语道，"看她的头发、指甲和丝袜。"他年迈的父亲左肩上披了条脏兮兮的毯子，定睛注视着儿子。"父亲，这是我妻子。"母亲高兴得流下眼泪。此后的几周，这对夫妻一直是村里热议的话题。母亲感到非常骄傲。嘘，你不知道他兼有白人的智慧吗？就像我们的儿子。

一座小小的三室住房为他们建好了。瓦鲁西乌成了一名教师，露丝则在大城市里工作。他们幸福地生活着。

只是一时。

露丝开始烦躁。在一间没有电也没有音乐的泥房子里生活，令人窒息。与灰尘和泥土做持续的斗争，令人疲倦。她讨厌每天都有村民来家里做客，总是待到很晚才走。她无法拥有她想要的清静，尤其是每天还要往返于村子和城市。每天都有许多亲戚来找他们帮忙，不是这个问题就是那个问题，都来要钱。她崩溃了，总是哭。你能不能让他们走。我太累了。噢，露丝，你知道我不能这么做。这有违习俗。习俗！习俗！露丝变得焦躁不安。瓦鲁西乌爱露丝，也爱这个村子，他感到受了伤，变得闷闷不乐。我们走，住到镇上去，我们可以在新建的综合住宅区找套房子，我来付租金。于是他们走了。其实，瓦鲁西乌也被这个村子和每天需要处理的事情搞得疲惫不堪。

她保管她的钱，他保管他的。瓦鲁西乌放弃了教学。即便在城里教学，他的薪水也远远满足不了综合住宅区的开支。他们喜欢称之为综合住宅区。得去石油公司上班。他在销售部工作，薪水涨了不少。然而他很快发现，镇上跟村里不一样，新工作的薪水比他想象的少得多。为了省钱，他渐渐不再接济数不尽的亲戚。这样也还是不够。他已加入一个新的群体，他和其他成员需要达到一定的标准。他买了辆梅赛德斯·奔驰 S220，又给妻子买了辆用于购物的迷你莫里斯。对初来乍到又想崭露头角的人来说，买车是一种时尚。但是，要想赢得新群体的尊重，家里还要购置和保养许多配件。当然，聚会也是必不可少的。他加入了原来只接收白人的公务员俱乐部。

他妻子的钱大都用于购买衣服和食物。她不再给他钱，怕他把钱花在讨厌的亲戚身上。但是他必须赶上新群体其他人的物质水平。他怎么能让妻子在其他女人面前抬不起头来呢？他回想起学生时代充满荣耀和美好的日子。他心怀感激，有四次想回家却没动身，因为没钱，她也不想跟他回去。他现在的薪水太低了，要付房租，还要保养奔驰和购物用车，一切都需要花钱。他开始利用职务之便向公司"借"钱。"我当然要还的。"他告诉自己。他还在公司的支票上动手脚。等他最终被逮捕时，他所花的钱早已超出他能偿还的数目。

瓦鲁西乌飞快地穿过街道，来到另一条街上。虽然他讨厌聚居区，但天黑前还是这里容易掩人耳目。身上散发恶臭时，他不想遇到任何族人。等到夜里，他会搭上一辆公交车，回到他唯一受欢迎的地方。他爱露丝，露丝也爱他。他相信，她的爱足以洗刷他身上的恶臭，甚至耻辱。毕竟，他还不是为了她才这样做的？至于他的村子，他再也不会在那儿露面了。他还怎么面对村里的人呢？等车时，他想起了法庭上最后的一幕。

案子吸引了很多人的关注，村里的神父和村民都赶来了。新闻记者举着相机，按着快门。初犯，被判处六个月徒刑，以此为戒。这是一个崭新的肯尼亚。当他从熙熙攘攘的法庭上被带出去的时候，他看到母亲脸上淌着泪水。很多村民神情严肃，躲开了他的眼神。戴着手铐的耻辱时刻。他故意表现得无畏而傲慢，内心却在痛哭。唯一的安慰是露丝没有出现在法庭上。要是看到她痛苦不堪、公然蒙羞，他还不如去死。

公交车来了。夜幕降临。他渴望见到露丝。她变化大吗？她是个高挑纤细的女人，虽然不漂亮，但优雅而有魅力。他要紧紧地拥抱她，用宽阔的胸膛消受她的芬芳优雅，也许身上的臭味也会消散，这是他现在唯一的愿望。他确信她会理解。在床笫间，她总能平复他的疑虑，而他也总能从这份重拾的爱中找回信心。露丝。他不准备在这座城市找工作了，他要去周边的某个国家，重新开始。他会忠诚地陪在她身边。他已经辜负了村民，辜负了父母，绝不能再辜负露丝。绝不。

他下了车。他熟悉这个地方。到处弥漫着玫瑰和三角梅的幽香，空气清爽怡人。房子之间留有大片空地。与聚居区是多么不同啊。在这里，只有他身上散发着臭味。但是，在他走向家和露丝时，他感觉自己已然得到净化。他再也无法抑制心头的喜悦。

他走到门前，却听到里面传来一个陌生的声音，低沉而洪亮。他无比绝望。妻子竟然搬走了！他到哪儿去找她的新住处呢！

他鼓起勇气，敲了敲门。至少他得问问妻子有没有留下新地址。他往边上站了站，躲在阴影里。里面响起高跟鞋的声音，这声音原本会让他欣喜若狂；接着是门锁转动的声音，这声音原本会让他激动得跳起来。一个女人站在他面前。一时间，他说不出话来。他的双腿像灌了铅，突然，欲望攫住了他。"露丝，"他轻声唤道，"是我。""嗯。"她低声应道。"露丝。"他再次轻声唤道。"别害怕。"他边说边从阴影里走出来，张开手臂准备将她拥入怀中。"别，别过来！"她喊道。一阵尴尬的沉默后，她往后退了一步。"是我呀。"他恳求道。"走开，"她啜泣起来，"我不认识你，我不认识。""别这样——"他犹豫着，不知该说些什么。接着，他听见她用一种他从未听过的语气，毅然决然地说："如果你不从我家门口走开，我就报警了。"然后，她在他面前狠狠地甩上了门。

他整个人愣住了。他身上的臭味实在太重，连他自己都能闻到。人们开车经过他身边时绕开他。他听见乐曲声和干笑声，还有尖厉的声音——这笑声如此熟悉，在他听来像是一种报复。他忽然大笑起来，笑声嘶哑，难听极了。他一边走一边大笑，直笑得肋骨隐隐作痛。乐曲声和尖厉的声音依然从这个城市小区的家家户户传出来，与他的笑声相对抗。笑着笑着，他眼中流下了痛苦而悔恨的泪水。